www.ingramcontent.com/pod-product-compliance
Lightning Source LLC
Chambersburg PA
CBHW050918220726
PP18604600001B/9

بعد ما
يناموا العيال

بعـد ما
يناموا العيال

facebook.com/alkarmabooks

twitter.com/alkarmabooks

instagram.com/alkarmabooks

هذا عمل أدبي خيالي. جميع الأسماء والشخصيات والأماكن والأحداث الواردة فيه هي من نسج خيال المؤلف، أو مستخدَمة بشكل فني خيالي، ويجب عدم تفسيرها على أنها حقيقية. وأي تشابه مع أحداث أو أماكن أو منظمات فعلية أو أشخاص، أحياء أو أموات، فهو من قبيل المصادفة.

طاهر، عمر.

بعد ما يناموا العيال: قصص / عمر طاهر ـ القاهرة: الكرمة للنشر، ٢٠٢١.

١٩٢ ص؛ ٢٠ سم.

تدمك: 9789776743410

١- القصص العربية القصيرة.

أ - العنوان.

رقم الإيداع بدار الكتب المصرية: ٢٣١١ / ٢٠٢١

٢٤٦٨١٠٩٧٥٣١

تصميم الغلاف: كريم آدم

إهداء

إلى سُكَّان هذه المجموعة.

المحتويات

أنثى السُّكَّر

كانت تتأمله وهو يقف بالفانلة الحمَّالات يجهز العشاء،
تلك الزيارة العزيزة للمطبخ الضيق تمنحها طمأنينة تتجدَّد
كلما حَنَّ صلاح إلى أكل العزوبية المطهي بحرفة مشوهة
تمتلئ بثقة كاذبة، ومكسبات طعم كثيفة تعوض غيابًا ما.

وقفت سلوى تلملم الستارة التي تنام فوقها حبات خوخ
ضخمة ملونة، والتي استغنوا بها عن باب المطبخ الذي
كانت تحتل انفراجته مساحة خصصتها هي لدرفة الخزين.

كان العرق ينحدر عبر مسارات العروق في رقبة صلاح
وهو يقطع خلطة السجق. وأحست هي بصهد الزيت الذي
يستعد للغليان فوق البوتاجاز. رفعت بإصبعيها طرف
ديكولتيه جلابية البيت لتمرر بعض النسيم إلى صدرها.
لمحها صلاح فألقى إليها بحلقة خيار التقطتها وأجَّلت
وضعها في فمها.

ـ عندي اعتراف.

منحها صلاح كامل اهتمامه دون أن ينطق.

قالت:

ـ عندما أخبروني أن العريس مدرِّس لغة عربية تحجَّر ريقي بعض الشيء، تخيلتني في رفقة مدرس عربي من العينة التي تظهر في المسلسلات؛ شخص جاد، نصف متجهم، مشغول بالفصاحة انشغاله بكرامته الشخصية، وهو في الغالب شخص تجاوز الأربعين، يرتدي نظارة طبية، ومشاهده العاطفية هدفها الأول هو الضحك.

ـ وماذا وجدتِ؟

سألها صلاح وقد توقف عن تقطيع الخضراوات.

كان ينتظر إجابة صادقة، يسألها دائمًا عن مشاعرها، فتقول له: «أنت تعرف كل شيء».

اعترف لها ذات مرَّة: «ما أعرفه شيك بمليون جنيه، وما تقولينه هو توقيعكِ عليه، كلمة واحدة منكِ تحرِّر هذه الثروة».

ـ وماذا وجدتِ؟

كررها، وكان الزيت قد بدأ في الطقطقة.

قالت:

ـ شوف اللي على النار الأول.

رجعت إلى غرفتها، خلعت الجلابية التي تشرَّبت بالعرق وبخار الزيت، وارتدت شورتًا وفانلة زُينت حمَّالتاها بدانتيل خفيف.

في بداية الزواج كان يحيرها ما الذي يمكن أن ترتديه داخل حدود البيت، ويثير استحسان صلاح. جرَّبت كل شيء، أطقم اللانجيري التي اشترتها مع شقيقتها من قصر النيل، بعد مرَّة أو اثنتين شعرت أن خلاعة هذه القطع مفتعلة وتؤلم كرامتها لسبب لا تفهمه، كما أنها تحوِّل صلاح إلى شخص آخر متردد بين غض البصر أو كشف المزيد. جرَّبت الترننج البُني القطيفة، رغبة منها في التباسط. صحيح أنه كان السبب في قضاء ليلة ضحكا فيها من القلب بعد أن عرض عليها صورة له في مراهقته يرتدي ترننج مشابهًا أحضره له خاله من الدوحة، لكنها لم تكررها.

جلابية البيت تفتح الباب لشعور مبكِّر بالأخوة لا تتمناه. والكاش مايوه يُشعرها بقلة قيمة ماسخة وهي ترتديه بين جدران الشقة. كانت تهرب من كل هذا الإرهاق إلى ما يُشعرها فقط بالراحة، قطع عشوائية لكنها تمنحها ثقة بالنفس. ثم لاحظت بالصدفة أن صلاح يُبدي الغرام

وينطق بالغزل فقط عندما تكون هي على راحتها، تحضر الأنثى في عينيه عندما تكون مرتدية ما يُشعرها بالخفة أيًّا كانت الألوان والتراكيب.

تسللت إلى المطبخ، وسحبت بعض الأطباق والأكواب ولتر الكولا، ورصت المائدة، ثم سحبت صينية وأعدت طقم الشاي ليصبح جاهزًا عقب العشاء. شغلت التلفزيون، وتنقلت بين القنوات، حتى توقفت عند فيلم قديم يجلس فيه البطل والبطلة في ليلة ممطرة خلف إحدى النوافذ يتناولان الطعام على ضوء الشموع، تمنَّت لو أن الأجواء شتوية، ثم تذكرت ألَّا شموع لديها في البيت.

كان صوت القلية يتصاعد، بينما تجهز مساند الجلسة الأرضية أمام الفيلم. غسلت الطفاية ووضعتها مع علبة سجائر صلاح والولاعة فوق منضدة قصيرة ستكون إلى يسار جلسته، بما يسمح لها أن تجلس هي في متناول يمينه بدون تشويش.

أشعلت نار الولاعة وأطفأتها بنفخة مرحة. في أول ليلة لها في هذه الشقة كانت تغرق في الخجل والنشوة والعرق، تخبِّئ وجهها أسفل كتف صلاح العارية في الفراش. كان يدخن والولاعة في يده يسلي نفسه بإشعالها وإطفائها. أخرجت وجهها لتعترض على هذه الضجة، في لحظةٍ

كان فيها لهب الولاعة يضيء وجه صلاح بدرجة جعلتها تقع في غرامه إلى الأبد.

خرج صلاح من المطبخ بالطبق الأول ووضعه في منتصف المائدة. تمنَّت لو كانت هناك كانزاية بيرة. شاركته واحدة في أسبوع العسل الذي قضياه في شرم الشيخ، لم تُحب طعمها، لكن تغيَّرت نظرتها إلى الموضوع عندما قبَّلها صلاح بفم تفوح منه رائحة الـ٨٪ كحول، كانت قُبلة للذكرى. لن تنسى يوم كانت في مطبخ أمها تشاركها الخبيز في حنة شقيقتها، وشمت الرائحة نفسها تتصاعد من كتلة الخميرة، فوضعت قطعة منها في فمها واستعادت القُبلة مغمضة العينين، بينما الزغاريد تنهمر من كل اتجاه.

مرت بوجهها في مرآة صغيرة معلَّقة في طرقة الشقة، ووقفت تتأمل نفسها. «ماذا لو راحت الجاذبية؟»، افترضت الأسوأ، هي لا تخاف من أن يخونها، هو أرق من ذلك، لكنها تخاف من أن يهرس الوقت الحب ويحوِّله إلى عِشرة طيبة ابنة التعوُّد والعيش والملح، تخاف أن تفقد اللقب الذي منحه لها، «أنثى السُّكَّر». تتذكَّر خالها عندما سمعته وهو يحكي أمام شلة رجال العائلة ساخرًا، عن سنوات الزواج التي جعلته بعد أن كان يعيش مع فتاة

أحلامه أصبح يعيش مع واحد صاحبه بس بيعرف يحشي فلفل وبتنجان.

تخاف أن يضيع منها تحت وطأة الأيام الكنزُ الذي عثرت عليه في هذه الشقة الضيقة، تخاف أن تنشغل عن صلاح بالأولاد والمدارس ومصروف البيت، حتى تأتي لحظة تسمع فيها من جديد شكوى شقيقها الأكبر: «كنتُ قبل الزواج شخصًا وحيدًا، وأصبحت بعد الزواج شخصًا وحيدًا يتحمَّل مسؤولية آخرين!».

سمعت ضجيجًا قادمًا من المطبخ، عندما دخلت كان دخان التحمير يملأ المكان، وكانت الأواني كلها فوق الأرض، انهارت رصتها في درفة دولاب المواعين السفلية، قال لها:

ـ كنتُ أفتش عن طبق للمخلل.

لم تكن تطيق المخلل، حتى قال أمامها: «بيفتح النَّفس». انشق قلبها نصفين لشخص يستجدي سعادة ما من كل هذا الملح.

كان جالسًا على رُكبتيه يُعيد رص المواعين في مكانها، جلست إلى جواره تساعده، لمحت عينيه تتسللان إلى صدرها الذي حررته وهو يرتج أسفل الحمَّالتين،

اصطنعت انشغالها بإصلاح الفوضى، فخرج ليرص بقية الأطباق.

عندما رجع إلى المطبخ أخرج من كيس أسود أرغفة الخبز الفينو، ثم أخرج من الكيس نفسه ثلاث كانزات بيرة، لمحته وهو يرصها خلسة في الثلاجة، أدرك أنها ضبطته فابتسم خجلًا ثم خرج، ووقف أمام التلفزيون يتنقل بين المحطات حتى توقَّف عند واحدة تذيع أغنية قديمة، رفع الصوت قليلًا، ثم ناداها:

– يلَّا.

في طريقها إلى المائدة تحمل طبق المخلل، رأته يتذوق صنع يديه ويهز رأسه استحسانًا، ابتسمت تشجعه وهي تفكر في أن هذا الرجل لا يستحق أبدًا أن يشعر يومًا ما بالوحدة.

يُجيد الإسبانية

فوجئت به لطيفة عندما دخلت إلى الشرفة لجمع الغسيل.
كان يجلس في الظلام مختبئًا خلف الستارة.

سألته عن سر جلوسه في الظلام، فقال:

ـ الناموس.

سألته لماذا طلب منها أن ترن عليه، فقال:

ـ باتأكد إن فيه شبكة.

سألته:

ـ أعلَّق على الشاي؟

فصاح فيها ممتعضًا:

ـ بس بقى كفاية رغي.

كان يفحص هاتفه كل دقيقة في انتظار رد الدكتور مهيب.

يعذبه أن أحوال خالد تغيَّرت منذ دخل عليه ابن عمته
غرفته بالخبر ساخرًا: «مبروك، مرات أبوك حامل».

يخاف على صورته في عينَي ابنه الوحيد، يخشى أن يكون خالد قد تخيَّل أباه عاريًا يتقافز في الفراش مع لطيفة، أزعجه أنها الحقيقة. لكن كما قال لصديقه: «اللي حصل بقى».

لم يمر في باله أن هذه اللحظة ستأتي يوم قرر الزواج من جديد، لكنَّ مَزقًا صغيرًا في ضلوعه وهو يحرك الدولاب بحثًا عن النقطة التي تظهر منها طوابير النمل هو الذي فتح الباب. حكى أبو خالد لصديقه أن لطيفة اقترحت تدليك المَزق بنقاط من زيت الزيتون، قال له:

ـ كانت أول من يلمسني منذ سنوات، ومنحتني أصابعها انتصابًا أحرجني كثيرًا.

قال له الصديق:

ـ هي كانت امرأة متزوجة من قبل، وتفهم هذه الأشياء، ومن المؤكد أن الموضوع لم يفاجئها.

قال له أبو خالد:

ـ أنا اللي اتفاجئت.

عرف خالد وتغيَّرت أحواله، يقضي وقته في غرفته المغلقة؛ يقرأ، ويشرب الشاي، ويدخِّن، ويكتب قصصًا غريبة ينشرها على فيسبوك، ولا يخرج إلا للوقفة مع

صديقيه بالقرب من مدخل عمارة ٩ إلى جوار الكشك.

يعرف الأب أنها وقفة السيجارتين، هو لا يمانع، لكنه يود أن يمتلك جرأة نصح ابنه ألَّا يربط بين تدخين الحشيش وأي فعل آخر، ألَّا يجعله الشرط الوحيد للفرح؛ سينقلب الأمر ساعتها إلى لعنة.

كان يراقب ابنه من خلف الستارة، يضحك صديقاه ويدبدبان في الأرض بأقدامهم، ويكتفي خالد بالابتسام.

عندما عرض الأب القصة الأخيرة التي كتبها خالد على فيسبوك على صديقه الأستاذ شوقي طالبًا منه تحليلًا لما يدور في رأس الابن، اقترح شوقي أن يعرض الأمر على مهيب ابنه، وهو طبيب نفسي، وسيخبره بما هو أهم كثيرًا من مجرد تخمينات.

أرسل أبو خالد إلى الدكتور مهيب قصة «مزرعة الكاكاو»، مع معلومات قد تفيده عن خالد: ٢٤ عامًا، ليسانس آداب إسباني، أمه متوفاة منذ ثلاثة أعوام. وجلس ينتظر الرد.

لقتل الوقت عرض القصة على لطيفة ليعرف رأيها.

لم تكن لطيفة في أفضل حالاتها، هي مشحونة بضجر ما منذ سمعته يقول لشقيقته عن المولودة: «جمالها فلاحي زي أمها». فشلت في ابتلاع الملاحظة كمديح، واستيقظ

من جديد التخوف الذي دفنته في قويسنا قبل أن تتحرك في اتجاه القاهرة لتبدأ حياة جديدة بعد سنوات من الترمُّل، في رفقة قريب لها يحتاج إلى من يعتني به. كانت تخاف من أن ينظر إليها كفلاحة، نسيت الأمر حتى تجدَّد مع الملاحظة.

ومع ذلك، استجابت لطلب أبو خالد، وأخذت منه الموبايل المفتوح على القصة:

مزرعة الكاكاو

في أحد شوارع نيكاراجوا كنتُ أفتش عن محل يبيع الماريجوانا.

وصف لي أحد الأصدقاء المحليين نوعًا اسمه «عشبة الليمون»، قال: «سيسمح لك بالتحليق دون أن تصطدم بالكواكب».

وصفت لي سيدة بدينة، يخرج دخان سيجارتها من أنفها في حلقات، محلًّا في نهاية الشارع، لكنها قالت: «هم لصوص، فاحترس». ومدت يدها بسيجارتها من أجل بعض الأنفاس، كانت رائحة دخانها طيِّبة، لكنني تراجعت عندما لاحظت أن أسنانها اكتست بلون أخضر قاتم.

أنا هنا لأنني لم أعرف مكانًا آخر يمكنني أن أختبئ فيه! بعد أن قتلتُ زوجتي هربتُ، وظللت أجري حتى اختبأت في سفينة كنت أعتقد أنها مهجورة. كان الميناء مشغولًا بحريق ضخم، فتسللت ونمت،

ثم استيقظت على آلام رطوبة شديدة في رقبتي لم تغادرها حتى اليوم. كنا في عرض البحر، وعرفت أن الوجهة نيكاراجوا من طبّاخ السفينة الذي تعاطف مع قصتي فسمح لي أن أختبئ في غرفته، وكان يقدِّم لي سرًّا الطعامَ والسجائرَ والخمورَ التي ساعدتني في كي جراح روحي، وكان يواسيني قائلًا: «لاس موخيرس سون لافيرنينو»(*).

لا أعرف لماذا قتلتُ هذه المرأة التي حاربتُ الجميع من أجلها. قال أبي: «ستقضي عليك»، فقاطعته، وهربت معها إلى مدينتها البعيدة، وأعدنا تشغيل مطعم عائلتها القديم. كانت ماهرة في طهي الأسماك، وكنت ماهرًا في الحسابات، وتدليك ساقيها كل مساء بزيت اللافندر.

كان رجال المدينة يلتفون حول موائد الطعام، يتغزلون في ساقيها اللامعتين، فعلها أحدهم أمامي وقال: «نحسدك»، ثم رأيته من بعيد يحك ذراعه بها، وأزعجني أنها لم تغضب. قلت لها: «نترك المدينة». قالت وكان وجهها لئيمًا للمرَّة الأولى: «ليس حلًّا، ستظل المدينة تطاردك».

ليلتها لم أنم حتى سكبت فوق ساقيها الزيت المغلي، كانت الصدمة قاتلة!

نيكاراجوا طيّبة مثل طبّاخ السفينة، وشقيقه حارس مزرعة الكاكاو. أنام في المخزن الذي أقشر فيه الثمار قبل تجفيفها في الشمس، ويسمح لي الحارس أن

تزورني كل فترة واحدة من فتيات المزرعة؛ لقضاء بعض الوقت مع الغريب الذي يُجيد الإسبانية، وركوب الخيل، وتفوح منه رائحة الشوكولاتة، وتأسرهن لكنته الساحرة وهو يخلع عن ضيفته قميصها صائحًا: «لاس موخيرس سون لافيرنينو».
أما ليالي الإجازة فهي للماريجوانا والقمر وصوت الأغاني القادمة من سهرات بيوت المزرعة.
كنت أفتش اليوم عن عشبة تمحو الذكريات، تحملني بعيدًا عن عذاب الضمير، تصالحني على كلٍّ من ناصبته العداء لخاطر ذات السيقان الفاتنة، حتى وصف لي حارس المزرعة «عشبة الليمون»، قال إنه يلجأ إليها لينسى أن عمره ضاع وهو يراقب الأشجار.

أسير حسب إشارات السيدة البدينة، أقترب من المحل، بينما رائحة دخانها الساحرة لا تزال تسكرني.

سمح لي صاحب المحل أن أدخِّن واحدة على سبيل التجربة، لم تكن الأنفاس الأولى ذات شأن. تذكرت تنبيه السيدة البدينة، لكن فجأة ومن دون مقدمات ضاعت آلام الرقبة، أو ربما نسيتها، اكتفيت بهذه النتيجة، ووضعت صفقتي في جيبي وخرجت.

بعد خطوات استدرت في اتجاه شخص ما يناديني. رأيت أبي يرتدي ملابس قديمة كنت أحبها في

طفولتي، كان منفعلًا ويشير بغضب ناحية شيء لا أراه، لكن عندما دققت النظر كانت هناك غابة من أشجار الليمون يتدلى من كل واحدة شخص يشبهني معلَّق جسده في حبل مشنقة.

‫‬

(٭) لاس موخيرس سون لافيرنينو: النساء جحيم.

قرأت لطيفة، وقالت إنها قصة غريبة، لم تفهم منها شيئًا. لاحظت ابتسامة زوجها الساخرة فابتلعتها، ثم قالت إنها لا تعرف لماذا تشغله القصة إلى هذه الدرجة.

قال الأب:

ـ لا أعرف شيئًا عن ابني منذ عام، منذ لحظة وصول شقيقته وربما قبل ذلك، ولا مدخل لاستكشاف ما يشعر به؛ صمت وانزواء، والرد على أد الكلمة. هذه القصة هي أكبر عدد كلمات خرج منه دفعة واحدة منذ زمن، قصة بها أب ونساء وشعور بالغربة، هو يقول في القصة «أبي»، وهذه أول مرَّة تأتي سيرتي على لسانه منذ عام تقريبًا! أموت وأفهم ما الذي يختبئ بين هذه السطور وخلفها! ما الذي يمر به ابني ولا أفهمه!

قالت له:

ـ طيب، اكتب له تعليق يفتح نِفسه، أو اعمل له إعجاب.

صمتت لتسأله:

ـ ولَّا عملَّك حظر؟

أصابته الفكرة بالذعر، لكنه اطمأن عندما وجد أن التعليق على القصة متاح.

قال إنه يشعر بالحرج من فكرة التعليق، خصوصًا أن كل أصدقائه يسخرون مما كتبه، لقد أشبعوه تريقة. قالت لطيفة:

ـ إنت شجعه، أومال ربنا خلق الوالدين ليه؟

كانت رسالة الدكتور مهيب مختصرة: «لا يوجد ما يدعو إلى القلق، يمكنني أن أساعدك أكثر إذا أحضرته لي في زيارة».

أزعجه اقتراح الدكتور مهيب، تخيَّل نفسه يسحب خالد في اتجاه عيادة طبيب نفسي، «دي هتبقى الناهية»، تلوَّن وجهه، وكانت لطيفة مستمرة في التعليق على الأمر:

ـ ما إنت برضو بيخاصمك تخاصمه.

سرق الأب نظرة من خلف الستارة، كان خالد لا يزال واقفًا مع صديقيه، فتح القصة وألقى نظرة سريعة قبل أن يكتب تعليقًا. سألها:

ـ أكتب له إيه؟

قالت لطيفة وهي تغادر الشرفة:

ـ ما تدخلنيش بينكم.

كتب كلامًا كثيرًا لم يصدقه هو شخصيًّا، مسحه، ثم اكتفى بأن يكتب كلمتين: «قصة جميلة يا أبو الخُلد».

كان خالد يقف مستندًا إلى الحائط، لاحظه يعتدل في وقفته ثم يُخرج الموبايل من جيبه، بعد دقيقة ظهر عنده إشعار يقول إن صاحب المنشور ترك له فوق التعليق قلبًا أحمر.

عندما فكر في الزواج تحت إلحاح شقيقته، عرض الفكرة على خالد الذي كان يعشق والدته؛ بحث كثيرًا عن مدخل لا يجرح مشاعره، قال له:

ـ أهلكنا عمتك في خدمتنا وزيارة المنزل مرتين كل أسبوع، تغسل وتنظف وتطبخ، وحياتنا تصبح بائسة عندما تغيب لأي ظرف. أمامنا اختياران، إما أن تتزوج أنت وتجد عروسة تقبل أن تخدمك أنت وأباك، أو أن أُحضر أنا واحدة من البلد، مجرد زواج على ورق علشان الناس.

كان خالد يحتاج إلى ضغطة خفيفة، قامت عمته بالمسألة، وارتاح لفكرة أن العروسة أرملة تجاوزت الأربعين، تعرفها

العمة منذ الطفولة، وتثق أنها على الأقل «هتشيل هَم أبوه»، كبر الرجل ويحتاج إلى من يرعى شؤونه.

مرت الأشهر الثلاثة الأولى في سلام، حتى ظهر خبر الحمل، صارت معاملة خالد للأب والعمة ولطيفة جافة لكن دون قسوة، يبيت كثيرًا عند أصدقائه، ثم أقلع عن هذه العادة، ربما سخر أحدهم من مراهقة والده المتأخرة، وكان القلب الأحمر الذي تركه أسفل التعليق يبدو للأب كأذان مغرب في يوم صيام طويل.

كان ينقل النظر بين القلب وبين خالد الذي بدا واضحًا أنه يستأذن صديقيه في الانصراف.

حاول أن يخمِّن إلى أين يتجه صاحب المنشور.

يعرف مشية ابنه وهو في طريقه إلى البيت؛ منذ كان طفلًا؛ ينتابه شعور بعظمة العائد إلى عرينه منتصرًا، يسير متمهلًا باستهتار يلمس القلب، تكاد ذراعاه تصطدمان بالمارة من حوله.

قام الأب من مكانه مسرعًا، وتوقف أمام مرآة الدولاب ليضبط شاربه ويساويه بشفته العليا، بحث عن علبة سجائره، وقال لنفسه: «سأسمح له بالتدخين أمامي واللي يحصل يحصل». ألقى نظرة تأكيد على القلب الذي وسَّد

تعليقه، ثم فتح رسالة الدكتور مهيب وضغط «إلغاء»، وفي طريقه إلى باب الشقة كان ينادي بصوت عالٍ طالبًا أن «علِّقي لنا على الشاي يا لطيفة».

أطلت لطيفة من باب المطبخ، فرأته يقف أمام باب الشقة المفتوح يهندم ياقة قميصه، ثم يميل برأسه خارج الباب يسترق السمع لخطوات تصعد السلم ببطء.

فتاة تشعر بالوحدة في الثمانينيات

هناك كتاب مفقود!

هي تحفظ مكان كل واحد بالضبط منذ جمع منتصر كل الكتب الموجودة في المنزل وألقاها من نافذة الصالة فوق سطح بيت لم يكتمل بناؤه منذ ثلاث سنوات.

كان يوم جمعة، وتوقفت بعدها عن القراءة، كانت تكتفي بالوقوف في النافذة كل يوم تطمئن على وجود كل كتاب في مكانه حيثما سقط؛ حرًّا، يقلب الهواء صفحاته، لكنها اليوم لم تجد الكتاب ذا الغلاف الأحمر الذي ـ لحسن حظه ـ استقر في مكان مميز أسفل عمود الخرسانة الضخم، وصفحاته الأولى التي أنهت قراءتها ملفوفة حول نفسها مثل أعواد القرفة.

أين ذهب؟

صاحب البيت كان يظهر كل صيف عائدًا من الدوحة ليواصل البناء، إلى أن تُوفِّي قبل ثلاث سنوات ولم يظهر له أبناء أو ورثة.

فكرت في الفئران، وأراحت نفسها بفكرة ظهور واحد ضخم سحب الكتاب إلى أحد الأركان، يقضي وقته في قرقضة أفكار الكاتب المسكين!

«أمين فوزي».

كانت «المكالمة» أول رواية تقرأها له، قرأت نحو خمسين صفحة قبل أن يطوح منتصر النسخة في ليلة جمعة شتوية باردة، كانت تتمنى أن تعرف بقية القصة: شاب يعمل في محل حلواني، حصل على بقشيش يوم العيد، وزار محلًّا لبيع الروبابيكيا والأنتيكات، ووقع في غرام عِدة تلفون سوداء قديمة بقرص، رأى فيها طفولته فاشتراها ولمَّعها وخصص لها مكانًا مميزًا في مدخل شقته الصغيرة بجوار مقام سليمان الفرنساوي في مصر القديمة، ليلتها نام مبكرًا، ثم استيقظ على صوت رنين عِدة التلفون القديمة، لم يصدِّق حتى توقَّف أمام العِدة، وتأكد أن صوت الجرس صادر منها، وقع في خوف جعله يمسك بعِدة التلفون ويجري بها دون أن يتوقف الرنين مرَّة واحدة، حتى وصل إلى كوبري المنيل وألقاها بعيدًا في الماء، وعندما عاد إلى المنزل، وبينما يضع المفتاح في الباب، سمع رنين العِدة قادمًا من الداخل مرَّة أخرى.

في رحلة رأس البر الصيف الماضي، لمحت الكتاب بغلاف جديد عند بائع الصحف، كان مكتوبًا عليه «الطبعة العشرون». حاولت أن تحصي عدد المرات التي كانت فيها مغفلة تغويها أرقام الطبعات وتلقي بها في ثرثرة كتبٍ كل شيء فيها مصطنع. يقع الناس بسهولة في غرام كل ما هو مزيف، ثم يقاومون بضراوة الاعتراف بذلك، ويشوشون على المسألة بمزيد من الثرثرة تقود إلى مزيد من الطبعات. لكنها هذه المرَّة لا تعرف بقية القصة، والفضول يقتلها، فقررت أن تشتري نسخة.

استغلت انشغال منتصر باستلام السمك المشوي، وقالت له: «سأشتري بعض الفاكهة»، وتناولت النسخة سريعًا وخبأتها في كيس الجوافة.

خططت للقراءة عقب نوم منتصر، وقبل المساء وصله خبر وفاة أمه.

كان يقف على باب الشاليه ويسألها عما تفتش، فقالت:

ـ لَنكون ناسيين حاجة.

فكرت في الساكن القادم، وفي الأفكار التي ستدور في رأسه عندما يجد رواية في درج الثلاجة، قالت لنفسها: «على الأقل هناك شخص سيعرف نهاية القصة».

على فيسبوك كانت تقرأ مقالات نقدية، معظمها يقول إن النهاية ضعيفة دون أن توضح كيف كانت، منحها رفض القرَّاء للنهاية قدرًا من الراحة، ثم قررت أن تكمل القصة بنفسها.

سرقت سيجارة من علبة منتصر، وأعدت كوبًا من الشاي، وجلست في ظلام البلكونة تتتبع خيوط الأحداث، قالت إن البطل سيرد على المكالمة التي تطارده: صوت نسائي، فتاة تشعر بالوحدة في فترة الثمانينيات، تجرِّب الاتصال بأرقام عشوائية لتتسلى، فيرد عليها شخص من العام ٢٠٢٠، يحاول الهروب، لكنها تستمر في مطاردته، يقع في غرامها بفعل الوقت، تطلب منه أن يساعدها في معرفة مستقبلها، ينظم كل ما أخبرته به عن نفسها ويتفرغ للمهمة، يفتش ويراقب ويتلصص، ثم يخبرها بعد فترة أن هناك أخبارًا جيدة وأخرى سيئة، تطلب منه أن يبدأ بالنوع الأول.

قال لها ستتزوجين ابن عمك المحامي الشاب، وسيصبح نجمًا، وستنجبين طفلًا واحدًا سيكبر وينجح كطبيب عيون وينجب بنتًا يسميها على اسمك.

سألته عن الأخبار السيئة.

تردد قبل أن يخبرها أنها لن تلحق بكل هذه السعادة لأنها سترحل مبكرًا، عقب وصول ابنها بأشهر قليلة.

ارتبكت فتاة الثمانينيات لفترة، وطلبت رأي البطل، فأخبرها أنها لن تغير ما هو مكتوب، لكنها قد تنجح في الاستمتاع به.. بدأت تتنقل بين الأحلام المعطلة والمؤجلات الصغيرة كفراشة على موعد، ولم تخصص في يومها وقتًا ثابتًا إلا لعملين: الأول أن تختار صباحًا من قائمة أعدتها بعناية اسمًا لشخص تزوره بهدية تختلق لها مناسبة أو تستقبله بالشاي والحلويات بحجة طلب استشارة، وتقضي وقتًا تظل تبحث خلاله بين الكلام المناسب عن ثغرة تتسلل منها دون أن تثير الشبهات لتفصص لهذا الشخص أسباب المحبة والغلاوة والامتنان لمروره في حياتها، أما المساء فهو للمكالمة.

حاولت أن تؤجل الزواج كثيرًا وفشلت، ثم ارتاحت لفكرة أنه «لا مفر».

كان البطل يقضي الليل يحكي لها نهايات المسلسلات التي تتابعها، ومستقبل النجوم الذين تحبهم. يشغل لها أغاني لن تسمعها، يتأمل معها كيف تغيرت الحياة بعد اختراعات لن تلحق هي بها: تلفون محمول أحنى الرقاب، وفضاء إلكتروني يتبادل فيه الناس التلصص، وصحاري أصبحت شوارع تئن من ثقل الزحام. طلب منها عدة مرات أن تصف له نفسها، فدلته على صورة قديمة لها

في مراهقتها منشورة في أحد أعداد مجلة أطفال تحت عنوان «هواة المراسلة». يفتش حتى يعثر على العدد عند أحد باعة المجلات القديمة، يلوِّن الصورة ويُعلِّقها على حائط غرفة نومه، يَعُد الساعات حتى موعد اتصالها بعد نوم أهلها. كان الحب يكبر يومًا بعد يوم، حتى منتصف الليلة التي أخبرته فيها أنها ستتزوج ولن تصبح قادرة على الاتصال به مرة أخرى. سألها إن كانت ستعود يومًا ما، قالت:

ـ سأفتش عن طريقة.

قال:

ـ أوصِني.

قالت:

ـ تخلَّص من عدة التلفون.

ثم انقطع الخط.

لم يقوَ بعدها على مغادرة المنزل لأيام طويلة، يقضي الليل حزينًا يفتش عن ضحكتها في فراغ المنزل، حتى استيقظ مجددًا على رنين التلفون. عندما رفع السماعة تذكَّر وصيتها، كان المتصل رجلًا يصرخ طالبًا النجدة: «هيكسروا الباب.. هيكسروا الباب»، وقبل أن يفيق من

ذهوله سمع صوت طلقة مسدس أعقبتها صرخات كلها لوعة. أحضر البطل مطرقة قديمة وانهال بها على التلفون حتى هشَّمه تمامًا، ولكن صراخ المتصل لم يتوقف ثانية واحدة.

في تلك الليلة شعرت رضوى بمرحٍ ما يحتل روحها، تجاهلت هاجس الركاكة وأسعدتها النهاية، لكن كان ينقصها شريك؛ لن يصبح لقصتها معنى ما لم تروِها، خُلقت القصص لنقتسمها. والدتها بعيدة، وصديقتها أتفه من أن تتحمل قصة ذات مغزى، ومنتصر لا يحب القصص، هو يكره أنها تعرف أشياء لا يعرفها: قصص، معلومات، أخبار. منتصر يكره الكتب، ويراها سر انصراف رضوى عنه، وتعاليها عليه. يقول لها دائمًا إنه يحبها لكن الروايات والقصص أفسدت دماغها، يُذكِّرها بذلك كلما ناقشته أو راجعته في قرار أو فكرة، تصله عبر كلامها رسائل تقول له أنت لا تفهم شيئًا. يعايرها بأن الكتب سرقت أنوثتها، كره أن يعود في كل ليلة إلى البيت فيجد في انتظاره امرأة شاحبة تجلس في الفراش وقد غطَّت جسمها ومالت ناحية أباجورة خافتة؛ شاردةً أو باكية أو ضاحكة بدون سبب واضح. حتى جاءت الليلة التي خانته فيها ذكورته، بينما رضوى

في الفراش متفتحة كزهرة، لم يجد ما يغطي به خجله سوى الكتب، جمعها وهرول بملابسه الداخلية في اتجاه نافذة الصالة، ثم طوَّحها جميعًا فوق سطح البناية المهجورة، وقال:

ـ ما أشوفش كتب في بيتي تاني!

توقفت رضوى عن القراءة، واستبدلت بها المسلسلات الطويلة. كان أفضل ما فيها أنها أعادت إلى منتصر بعض ثقته في نفسه؛ يشاركها المشاهدة، يتنبأ بالنهايات، يجلسان معًا قبل النوم، يطوران الأحداث بلعبة «ماذا لو». أيقظت الخيال في روحه، فصار إنسانًا أكثر لُطفًا، يدخل عليها كل فترة بخزين اللب والسوداني، وفلاشة حمَّل عليها أحدهم مواسم كاملة من مسلسلات شهيرة. عثرت على بعض الراحة في صيغة لم تخطط لها، لكنها ظلت تفتقد العوالم التي كانت تزورها منفردة، وتسيطر فيها على إيقاع قفزاتها؛ حرة بلا شريك، تائهة تتسلى بتمزيق العناوين.

أين ذهبت نسخة رواية «المكالمة»؟

كان يحيِّرها السؤال، ثم أفاقت على صوت ابنها يعلن عن جوعه.

قررت أن تسلق له بيضتين، ووقفت أمام البوتاجاز تتأمل

الماء وهو يغلي، لمست ثمة تشابهًا بين حياتها والمشهد. بيض يقفز في مكانه. كانت تفكر لو أن حياتها مع منتصر «رواية»، وحيَّرها كثيرًا ماذا يمكن أن تسميها، حيرتها أكثر النهاية، ثم تذكرت «المكالمة» من جديد، كانت الشيء الوحيد الذي جرَّبت فيه الخدعة التي اشترتها من المؤلفين، فلا نهاية لأي شيء إلا في الروايات.

سيرة المرحوم

كل ما يذكره أنه عبَّر عن رغبته بشكل عابر، لم يكن طلبًا حقيقيًّا: «نفسي أشوف وشك من غير الحجاب».

كان يبحث عن جملة ناعمة تعبِّر عن بقعة غرام تأكل في روحه ببطء كلسعة سيجارة في قميص صيفي، قال لأمه: «ده اللي جه في بالي ساعتها، لكن ما كنتش أقصد».

كانت الأم تحاول أن ترتب أفكارها وهي ممسكة بالموبايل، تدقق النظر إلى رقم «أم نشوى» قبل أن تضغط «اتصال».

قالت له:

ـ الموضوع لعب عيال، ولا يستحق كل هذا الزعل، البنت خطيبتك، ومن حقك تشوف شعرها، وكون إن أمها عرفت بالصدفة إن ابنتها أرسلت لك صورة بشعرها فهذه مشكلتهم، لكن يجب ترضيها، سأُراضيها بكلمتين، وبعدها هتاخد تكلمها تقولَّها أنا آسف، وستتحمل أي كلام بايخ دون رد، اتفقنا؟

سحب ناصر سيجارة من علبته وأشعلها ثم قدَّمها لأمه، سحبت نفسًا ثم قالت:

ـ بس إنت ما ورتنيش الصورة اللي بعتهالك!

أخرج ناصر موبايله، وفتح الصورة وعرضها على أمه.

كانت تدخن سيجارتها وهي تكبِّر الصورة بإصبعيها كأسطى منهمك في مهمته:

ـ شعرها حلو ما شاء الله.

أعادت له الموبايل قائلة:

ـ فكَّرني بشعر المخفية مرات أبوك.

ترددت لثوانٍ قبل أن تكمل الجملة:

ـ الله يرحمه.

ذكَّرها بأنها قطعت رِجل والده نفسه من البيت عقب زواجه، ومنعته من رؤيته، فـ«هاشوف مراته فين عشان أشوف شعرها؟»، لكنه عاد وتذكَّر يوم شاهد والده لآخر مرَّة في فراش الموت في مستشفى الهلال، قال لها:

ـ اتخايلت بيها يومها وهي نازلة تجري على السلم لما عِرفت إنك وصلتِ المستشفى.

ضحكت الأم وهي تمد له يدها بعقب السيجارة ليطفئه.

قالت:

ـ كان شعرها لحد هنشها اللي عامل زي الفرن البلدي!

قال لها إنها كانت قاسية في عقابه، ولم تمنحه فرصة للاعتذار، فقالت:

ـ أنا كنت ناوية أسامحه، مش هاحرمه من ضناه، بس ربنا اللي ما أرادش، أبوك كان على أده، وهيَّ كانت مجرمة، ما استحملش في سريرها تلات شهور وخلع!

ضحك ناصر خجلًا. سألته إن كان حكى لنشوى، قال إنه حكى لها نصف الحقيقة، ووضع لمسته على النصف الآخر؛ ألَّف حكاية عن اضطرار الأب للزواج من قريبته بعد ترمُّلها لوجه الله لرعاية طفليها، ولم يحكِ لها أنه طُرد من البيت، وأنه شاهد أمه وهي تجمع بنطلونات الأب وقمصانه وجلاليبه في أكياس القمامة السوداء وتوزعها عند السيدة نفيسة.

قالت الأم:

ـ أهو ثواب ينفعه.

قام ناصر وأحضر صينية القهوة، شعر أن مزاج الأم معتدل،

الجميع يهرعون إلى البُن لعدل المزاج ما عدا أمه؛ تهذِّب مزاجها عندما يروق بمرارة لاذعة توقظ قلبًا قد يفسده نسيان أن لا شيء يدوم.

لقم الكنكة، واستغل الفرصة ليفتح موضوعًا كان من المحرَّمات، سمع من الأقارب تفسيرات كثيرة لزيجة والده الثانية، لم يقتنع بمعظمها، هو يعرف والده جيدًا؛ ليس من النوعية التي تستدرجها حسناء، ولا تزغلل عينيه الأموال، وكان يرى أمه وهي تتمنى له الرضا طوال الوقت، وهي الوحيدة التي يثق أنها تعرف الحقيقة، لكنها تخبئها.

ـ هو اتجوزها ليه؟

نظرت إليه الأم نظرة «كيف تجرؤ أن تسألني؟»، ثم أشاحت بوجهها بعيدًا وهي تطلب منه أن «ما تحطش سكر»، ثم انشغلت بالنظر إلى الموبايل.

لم يكرر السؤال ونسي الموضوع. منح كامل تركيزه للكنكة فوق السبرتاية.

ـ تعرف إن أنا اللي علَّمت أبوك إزاي يربط الجزمة؟

لم يعلِّق، لكن أدهشته المداخلة.

قالت:

ـ أبوك لم يكن يعرف طريقة عقد رباط الحذاء، فاختصر الطريق منذ مراهقته، وكان لا يرتدي إلا «البنص». قلت له لن تجلس في الكوشة إلى جواري بـ«بنص»، وكلما زارنا في منزلنا كنت أحضر له أحد أحذية أبي القديمة وأعلِّمه، حتى أتقن الربطة.

قال ناصر:

ـ الله يرحمه، كان نزيه في موضوع الجزم.

قالت إنها كانت تدفعه إلى النزاهة بكل قوتها، كانت تطلب منه أن يستمتع بالدنيا. رجل يتيم الأم منذ طفولته، ومكافح، وفي «ضهر» كل أفراد عائلته، كان يستحق أن يعرف سكة الدلع والنزاهة، لكن يبدو أن الأمور فرطت منها.

صب ناصر القهوة وقدَّمها إليها، فطلبت منه أن يشعل لها سيجارة أخرى، وبينما يفعل قالت له:

ـ ناصر، نشوى تحبك، وهي أرسلت لك صورتها بشعرها لأنها تأتمنك على نفسها، فلا تفرِّط في هذه الثقة لأنها رأس مال علاقتكما، وأهلها أطيب من الطَّيِّبة، كُن ليِّنًا، وتغافل عن أي أمور صغيرة، ولا تكابر أبدًا في مسألة الاعتذار عن أخطائك.

كان ناصر يسمع بانتباه، لكنه لم يفهم ما المقصود، أهو «اسمع اللي باقولك عليه وخلاص لو عايز تعمَّر»؟

ضحك ناصر بينما الموبايل يرن في يد الأم، كانت أم نشوى، انزعجت الأم وحمَّلت ناصر المسؤولية:

ـ شُفت لهِّيتني إزاي؟ المفروض كنت أنا اللي أتصل!

همَّ ناصر بالرد، لكن أشارت له الأم أن يصمت بينما ترد على المكالمة:

ـ أقسم بالله، ورحمة أبو ناصر، ماسكه الموبايل أطلُبِك.

أعادت الأم السيجارة المشتعلة لناصر، وطلبت منه أن ينصرف، فأخذ السيجارة وما تبقى في فنجان قهوة الأم ودخل بهما إلى الشرفة، وجلس على المقعد ذي الشلت البلدي، تذكَّر أنها كانت جلسة والده المفضلة فترحَّم عليه وهو يقاوم الضحك.

المتوسط

أمام محل البُن اقتربت منه عجوز نحيلة في عباءة سوداء:

ـ ممكن يا ابني والنبي تُمن غامق معاك؟

لم يعرف إن كانت تطلب منه أن يعفيها من الزحام أم من سِعر البُن. فكَّر قليلًا ثم اختار الثانية، وسألها:

ـ محوج؟

طبطبت بكفها الخشنة على كفه، وقالت:

ـ محوج.

قطَعت ابتسامةُ العجوزِ وهي تنصرف بكيس البُن الضجرَ الذي يحتل قلبه منذ ليلة أمس. الأنفاس التي اقتسمها مع بيبو في المحل قبل الصعود إلى منزله طردت النوم.

لا يعرف المسار الذي سلكه العصف الذهني حتى استقر عند فكرة أن يكتب اسمه في خانة البحث في جوجل.

كان هناك أكثر من عشرة آلاف نتيجة.

تتبَّع النتائج يتأمل شركاءه في الاسم.

كان بتتبُّعه لهم يحاول أن يحدِّد ما الذي يميِّزه عنهم:

مؤلف يبدو أنه معروف، له رواية بعنوان «مواعيد مؤجلة»، كتب أحدهم عنها أنها ليست من تأليفه، وأنه يمتلك ما يثبت أنه اشتراها من مؤلف شاب مغمور مقابل ٥٠٠ دولار، ووضع اسمه عليها. المؤلف المعروف يقول أعداء النجاح، والمغمور يقول إن الجائزة التي حصدتها الرواية من حقه. كانت قيمة الجائزة عشرة آلاف دولار وسفرية إلى دبي. والشخص الذي كشف الفضيحة صحفي تنتظره في المحاكم قضية إثبات نسب، صحفية زميلته أنجبت طفلًا قالت إنه ابنه، وتطلب له شهادة ميلاد. والمؤلف المشهور يقول في حوار إن الصحفي يشوش على فضيحته الشخصية، سألوه إن كان يخشى فقدان جماهيريته، وكان رده عجيبًا، قال: «الجمهور لا يصنع كاتبًا، الكاتب هو الذي يصنع جمهوره، القارئ لا يختار كاتبه المفضَّل، الكاتب هو الذي يختار قارئه المفضَّل، هو صاحب الخطوة الأولى في هذه العلاقة، والتاريخ لا يتذكر القراء». كانت نظرة المؤلف الكبير في صورته المنشورة مع الحوار تليق بشخص تمزقت كرامته، شعر ببعض

التعاطف معه، لكنه سرعان ما انسحب من القصة وبدأ يفتش عن فضيحة الصحفي وهو مشغول بمصير طفل لن يمحو حصوله على شهادة ميلاد لعنة ما ستظل تطارده طوال عمره.

رجل أعمال تزوَّج فنانة شابة معروفة تصغره بعشرين عامًا، وقد أشعل المطرب الشعبي الشهير الفرح، وكان مهر العروس عقد بطولة مسلسل سيُعرض في رمضان، حضر الفرح طفلتا الفنانة من زيجة سابقة، واحدة منهما كانت غارقة في المرح، تضحك في كل اللقطات وهي تحتضن ذراع أمها، بينما ظهرت الثانية، التي يبدو أنها الأصغر، في لقطة واحدة كانت تتأمل فيها ملامح العريس، وكان وجهها يضج بالذهول.

وفاة مصمم معارك في أفلام السينما، من أشهر الأفلام التي صمم معاركها فيلم «سلام يا صاحبي». عندما دقَّق النظر إلى صورته تذكَّره وهو يتلقَّى الصفعات من عادل إمام في سوق الخضار. فكَّر أن ألم الصفعة الحقيقي في المفاجأة، لقد انتهت المعركة قبل أن تبدأ. القتل لن يعيد بناء المعبد الذي انهار فجأة. يتمنى من تعرض للصفعة الموت أكثر ممن وجَّهها لينهي مأساة خالدة. تلقى الراحل صفعات كثيرة، برد فعل لا يليق بشخص تلقى إهانة، لكنه

يناسب شخصًا يأكل عيشًا. أربكه أنه رأى الإهانة في حياة الفقيد أكثر تعقيدًا مما تبدو عليه.

ناشط على تويتر تم تجديد حبسه ٤٥ يومًا؛ لأنه كتب: «البلد دي حظها في اللي بيحكموها زي حظها في اللي بيعارضوهم». حاول أن يفهم ما الجريمة في الجملة، لكنه سرعان ما انشغل بصورتين للناشط، واحدة قبل السجن، والأخرى بعده، وكان باديًا عليه النحول، وأنه فَقدَ الكثير من كل شيء يشكِّل ملامحه. كان والده يعلِّق في غرفة النوم صورة قديمة لعبد الناصر، حكى أنه عثر عليها في مخزن محطة المياه التي كان موظفًا بها، صورة رئيس الجمهورية عُهدة حكومية، لم يعرف من الذي قد يفتش على وجودها، وعلى الرغم من ذلك رشا أمين المخزن بخمسين جنيهًا ليأخذها، قال الأمين: «دي مسؤولية»، وقال الأب: «هي في البيت عندي لو حصل أي مشاكل». بعد رحيل الأب طلب أمين المخزن الصورة، فأعادتها له الأم بعد أن استردت منه الخمسين جنيهًا.

طبَّال يحاول الانتحار في قسم الهرم بعد أن قتل بالخطأ حبيبته الراقصة أثناء دفاعه عنها ضد شخص حاول أن يتهجَّم عليها في فرح شعبي أُقيم بالشيشيني، حيث استقرت «السافوريا» التي استخدمها للهجوم على المتحرش في

٥٨

صدر الراقصة فلاقت حتفها، وحاول أن ينتحر داخل الحجز بابتلاع شريط «أنافرانيل». جرَّب «الأنافرانيل» مرَّة في فرح خاله ولم يحبه، ربما لأن الليلة كلها كانت ثقيلة عليه؛ شخص ما صعد إلى سطح إحدى العمارات المطلة على الفرح، وألقى على المعازيم نسخًا كثيفة من صورة للعروس اتخذت فيها وضع التصوير شبه عارية أمام كاميرا شخص مجهول. شغلت الصور الجميع عن محاولة معرفة مصدرها. قاد الخال عروسه بالركلات واللكمات حتى أدخلها البيت، كان الشارع يسمع صراخها طوال الليل، وفي الصباح لم يكن للاثنين أي أثر، وبعد شهر اتصل الخال بشقيقته وقال لها إنه في السويس، وطلب منها ألا تخبر أحدًا، سألته عن العروس قال معايا، أقسمت شقيقته أنه يكذب.

خبير هندسة إذاعية، عثر على اسمه تحت مانشيت: «مدير بمصنع أقمشة في كفر الدوار يصوِّر علاقته الجنسية بالعاملات»، انفضح الأمر عندما ضبطت زوجته الفيديوهات على تلفونه، وتقدَّمت الزوجة ببلاغ، وقال الزوج إنها مفبركة. تم تحويل الفيديوهات إلى خبير الهندسة الإذاعية بالهيئة الوطنية للإعلام، الذي أكد أن الصوت والصورة في الفيديوهات مطابقان لصوت

وصورة المتهم. فتش من جديد عن اسم الخبير، فكشف له جوجل عن خمس نتائج بطلها خبير الهندسة الإذاعية نفسه في جرائم مماثلة؛ يقوم بعمله، يتفرج ويقدِّم تقريرًا.

فكر في نفسه قليلًا، لكنه لم يجد في أعوامه التي قاربت الثلاثين ما يمكن أن يحكيه ويميِّزه عن كل هؤلاء الذين يحملون الاسم نفسه.

هو متوسط في كل شيء.

يحلق ذقنه أو يتركها، لم يسمع في مرة تعليقًا واحدًا يميز مظهرًا عن الآخر. كان أطول طالب في الفصل، لكنه الآن يحتاج إلى أن يشب على أطراف أصابع قدميه قليلًا للعثور على مفتاح الشقة عندما تتركه له أمه في فراغ يعلو عداد الكهرباء. درس حتى السنة الثالثة في كلية الحقوق ثم انصرف قبل الرابعة. المعارف ينادونه بـ«يا متر»، لكنه في الوثائق الرسمية حاصل على الثانوية العامة. بلا ديون، لكنه أيضًا بلا ثروة. وحيد والدته. صاحب محل بويات ومستلزمات بناء. يشجِّع الكُرة في لمة الأصدقاء فقط. لم يرتبط عاطفيًّا سوى مرَّة واحدة بابنة خاله التي سمحت له أن يقترب ثم نهرته عندما ظهر عريس سافر بها إلى أبو ظبي. تزوره «أم آية» جارته المطلَّقة في مخزن المحل كل فترة، ولا تمثِّل بالنسبة له أي شيء، حتى

إنه لا يعرف اسمها الحقيقي. أكلته خفيفة. مدمن قهوة وسجائر ويدخِّن الحشيش إذا ظهر أمامه لكنه لا يبحث عنه. آخر مرَّة ذهب فيها إلى السينما كان فيلم «صعيدي في الجامعة الأمريكية». يحب ميادة الحناوي. الستر ملعبه. رتَّب لأمه رحلة عُمرة قبل عامين، يفخر بينه وبين نفسه أنه حجز لها في الفئة الأعلى سعرًا. يصلي الجمعة. يقسِّط البضاعة سرًّا لمن يستشعر أنه مأزوم بالفعل. تبرَّع لتجديد المسجد بألف جنيه وخمس علب طلاء بلاستيك كبيرة. لا يتحمس للزواج، تقول له أمه: «ربنا يسامحها بنت خالك عقَّدتك»، فلا ينفي عنها التهمة، لكنه يعرف جيدًا أن «أم آية» هي التي سدت نفسه عن الصنف كله.

كانت شمس اليوم الجديد تطل، وتآكلت بداخله الرغبة في النوم، قام ليصنع لنفسه كوبًا من القهوة، لكنه وجد برطمان البُن فارغًا.

ارتدى ملابسه ونزل يتلكأ، خطوات ثقيلة يضيِّع بها الوقت حتى يضمن أن يجد المحل قد فتح أبوابه.

اشترى ربع الإسبشيال الغامق، وقبل أن يخرج به من المحل فتح الكيس ودفن أنفه في بخار البُن الساخن الذي خرج من المطحنة للتوِّ، ثم ابتسم فرحًا بالعجوز التي ميَّزته بأنها رأت فيه شخصًا يمكن الاعتماد عليه،

وتمنى لو أنه يعرف عنوانها ليزورها كل أسبوع بـ«تُمن غامق محوج».

أعد فنجانين، له ولوالدته. فرد ظهره في الفراش يدخِّن. حاول أن يسترجع النتائج التي عثر عليها ليحكي عنها لبيبو ليلًا، ثم توقف عند واحدة بعينها جعلته يعود إلى جوجل مرَّة أخرى؛ كان كله فضول أن يعرف نوع الدراسة التي تؤهل الواحد ليصبح خبير هندسة إذاعية.

بعد ما يناموا العيال

بعد نصف ساعة من دخولها إلى المطعم في رفقة زوجها علاء بيه، خرجت مدام شهيرة، لكن مع صديقتها.

كان واضحًا أنها منفعلة وتداري دموعها، لم تتجه إلى السيارة حيث يقف فؤاد ينتظرها هي وزوجها ليعيدهما إلى البيت عقب العشاء.

استقلت سيارة الصديقة، ثم خرج علاء بيه بعدهما يحمل شيئًا ما في يده، كان باديًا عليه الانزعاج، اقترب من فؤاد وسلَّمه كيسًا يحمل اسم المطعم، قال له:

ـ سيب لي العربية وروَّح إنت.

سأل فؤاد:

ـ خير يا ريس؟

قال علاء:

ـ العادي.

لم يعلِّق فؤاد، لكن سأله عن التزامات الغد، فقال علاء:

ـ هاكلمك.

ثم انطلق مسرعًا بسيارته، وكان واضحًا أنه يحاول اللحاق بسيارة صديقة زوجته.

راقبه وهو يبتعد، وتراءت له بحُكم العِشرة ملامح الليلة السودة التي سيقضيها علاء بيه الذي وسَّع الله رزقه في كل شيء لكن ابتلاه بزوجة نكدية خُلقها ضيق.

فتح فؤاد الكيس فتصاعد بخار الكباب الساخن، خمَّن أنهم لم يتذوقوا ما طلبوه بسبب مدام شهيرة، وجد نفسه تلقائيًّا ينظر إلى ساعته، استوقف تاكسيًّا وكله أمل أن «يا رب العيال يكونوا لسه صاحيين».

في الأيام العادية يتباطأ فؤاد قليلًا بعد انتهاء عمله مع علاء بيه، يخطط لأن يصل إلى البيت بعد أن تنام نهلة وزينب وحسن، يضبط وصوله مع بداية الفقرة التي أطلق عليها هو ونورا «بعد ما يناموا العيال».

يؤمن بأن نصيبه في سعادة الدنيا مقسَّم بين عمل مستقر بعائد يكفل الستر المريح، وأطفال يملأون البيت قبل موعد المدرسة مرحًا وحنانًا، وساعتين يقضيهما مع نورا بعد نوم الأطفال؛ ساعتين استغنى بهما عن المقاهي وشلة الأصدقاء والصرمحة في الشوارع.

تبدأ الفقرة بصينية العشاء التي يتوسطها ما استطاعت أن تنجو به نورا من العيال على الغداء، محاطًا بتفاصيل صغيرة يعشقها فؤاد: الليمون المخلل، الفلفل المقلي، الجبن بالطماطم. تشاركه نورا لقيمات صغيرة لفتح نِفسه، ثم يأخذ فؤاد دشًّا محترمًا، ليخرج فيجد نورا في انتظاره ببراد الشاي بالنعناع أمام التلفزيون وسط إضاءة هادئة.

تبدأ الجلسة بمتابعة أحداث أحد المسلسلات القديمة التي يُعاد عرضها ليلًا على قنوات تعوِّض تهتك مصداقيتها نهارًا وهي تتكلم عن الواقع، بالاختباء بعد منتصف الليل خلف وجوه من الماضي. مشاهدة المسلسلات القديمة تزحم الغرفة بالوقت، يتسلل إلى الجلسة عمات رحلن، وأولاد خالة غيبتهم المسافات، وشوارع بكل نواصيها ومحلاتها القديمة، وطوابق كاملة بأبوابَ مفتوحة على جيران انقطعت أخبارهم، وشلة مصيف، ومعزون، ومجموعة فيزياء، وجدات بصديقاتهن، وماتشات بجماهيرها، وولائم بكامل معازيمها، ثم تنزل التترات محملة بموسيقى تعيد ترتيب كل ما بعثره هذا الزحام، بعدها يتحرك الوقت بين النميمة، وتبادل الشكوى، وتخطيط الالتزامات، وتأمل الدنيا والأحوال، ثم يفضي التأمل إلى حكمة ما يعقبها صمت طويل، تقطعه نورا بأن

تقوم لتلقي نظرة على العيال وتعود بحبات مغسولة من الفاكهة، وبرَّاد شاي آخر بالقرنفل هذه المرَّة، وسجائر من علبة فؤاد يمررها أثناء التدخين إلى نورا لتسحب نَفَسين، إلى أن يسقط أحدهما في النوم، أو يناديهما الفراش معًا لحوار آخر يخرج منه كل طرف محملًا بالامتنان للآخر.

كانت تقترب من العاشرة، قال فؤاد لنفسه: «الكباب ما يتاكلش بايت». كان بين خيارين: أن يدخل إلى المنزل فيطلب من نورا أن «صحي العيال يتعشوا»، أو أن يتركه لهم ليتناولوه على الغداء غدًا.

الخيار الأول سيفسد ليلة نورا؛ تفقد أعصابها عندما يتخلف العيال عن موعد النوم، تقضي ليلة صعبة مع كائنات مخيفة تتقافز حولها ولا تتوقف عن الطلبات والشكوى، ثم تقاسي عذاب إيقاظهم في موعد المدرسة، ثم إنه لن تكون هناك فقرة «ساعتين بعد ما يناموا العيال» النهارده.

الخيار الثاني سيضمن له سهرة سعيدة كالعادة، لكن أطفاله سيتناولون في اليوم التالي طعامًا فَقدَ نصف جاذبيته ببهجة متيبسة بعد أن يكون البقدونس وورق القصدير قد امتصا الدسم الذي يحيط بقطع الكباب والكفتة، ثم إنه لن يكون موجودًا ليستمتع بمشاهدتهم فرحين بالوجبة النادرة.

كان الأمر محيرًا، لكن فؤاد بينه وبين نفسه كان يميل إلى الخيار الأول، تمنَّى أن يكون الأطفال قد تخلَّفوا عن موعد النوم، هو يعرف أن ذلك مستحيل في وجود نورا، لكنه كان يراهن على معجزة.

خسر الرهان عندما فتح باب الشقة فوجدها تغرق في ظلام دامس.

فكَّر لثانية في طريقة لإقناع نورا أن «يصحوا العيال تتعشى»، مقابل أن يتولى هو مسؤوليات الصباح: إيقاظهم، وإفطارهم، والساندويتشات، وتوصيلهم إلى المدرسة. ثم قطعت أفكاره الأضواء التي هبَّت من كل مكان فجأة؛ كانت نورا في الخلفية وأمامها نهلة وزينب وحسن يقفون صفًا واحدًا، وكانوا كلهم يغنون له:

سنة حلوة يا جميل

فِنجان السِّت

الرجل الذي صمَّم الممرات المجاورة لمقام سيدنا الحسين صنع منها متاهة، حتى تظل نفحات الحفيد تلف حول نفسها في المكان ولا تغادره أبدًا.

فرضت هذه النفحات على الناس هناك أن تكون تجارتهم مشمولة بالفن: العطارة، البخور، الفضة، الخزف، الزجاج، الأنتيكات. ومنحت المساحة الضيقة جاذبية ضد منطق الجاذبية، المحل الذي يتسع لشخصين، وربما ثلاثة يصطدمون ببعضهم على هامش الوقفة، هذه المساحة تجعل التاجر وتجارته في غاية الضآلة إذا صادفتَها في أي مكان إلا هنا، تمنحه سحرًا ما.

كان جمال يتأمل المشهد وهو يشق طريقه إلى المقهى الملاصق للمحل الذي يبيع عِدة القهوة المرسوم عليها أم كلثوم. تنقذه رصة فناجين السِّت في كل مرَّة تأخذه فيها الممرات بعيدًا عن هذا المقهى.

أرسل إلى مها، وهو يتخذ مقعدًا: «أنا وصلت».

يجلس حول المنضدة المجاورة رجل تحتل سوالفه الفضية مساحة لطيفة فوق الوجنتين، لم يمنعه جسده الممتلئ من أن يضع ساقًا فوق الأخرى، المشكلة أن تكوينه جعل حذاءه مرفوعًا طوال الوقت في وجه رواد المقهى والعابرين في الممر الضيق. كان سارحًا مع صوت أم كلثوم الآتي من مكان ما مُحسَّنًا بصدى الصوت:

ابتديت دلوقتي بس أحب عمري

تخلَّى عن صمته عندما انحنى الصبي يُغيِّر الحجَر، فداعبه الرجل مغنيًا بصوت عالٍ:

ابتديت دلوقتي أخاف
أخااااف للعمر يجري

فرد الصبي وهو يقوم:

ـ سلامتك يا عم غبريال.

التفت الرجل ناحية جمال ليشهده:

ـ شايف قلة الأدب؟

ابتسم جمال وهمَّ بالتعليق لولا رد مها على رسالته: «هاتأخر شوية».

كانت العاشرة صباحًا، وعلى الرغم من أن ورديته تبدأ في

الثامنة مساءً فإن الرد أشعره بقلق لا يفهمه. يبذل جمال في الفترة الأخيرة جهدًا مضاعفًا ليكون قليل الأوامر والملاحظات مع مها، خصوصًا بعد وفاة والدها. المشكلة أنها نموذج الشخص الذي يحتاج دائمًا إلى التوجيه حمايةً له، لكن المريح أنها تستجيب.

رد عليها: «الموبايل هيفصل شحن».

سبقت الأضواء ظهور مصدرها، كانا شابين، يحمل كلُّ واحد منهما فوق رأسه طريحة عليها بضاعته الرخيصة التي يقف بها في شارع الأزهر؛ بلاستيك صيني تحوَّل إلى بِوك للشعر وأدوات مدرسية. كان باديًا أنهما نجيا من مطاردة البلدية للتوِّ. توقف واحد منهما ليلتقط أنفاسه قبل أن يمرر للجميع عبر زميله شكواه:

ـ ما شربتش حاجة من نيلها أنا على فكرة، علشان كل ده يحصل معايا!

وقبل أن يتلقَّى ردًّا استأنف مع زميله الجري، بينما جندي انخلع رباط حذائه الميري يحاول أن يمسك بهما، اصطدم الجندي بشيشة ذات نقوش كان يعرضها أحد المحلات، وأنقذ الشابين أنها تحطمت. أصاب صاحب المحل والجندي الذهول نفسه، سرت همهمة «حصل خير»، بينما الجندي ينسحب، ثم اختفى صوت أم كلثوم فجأة.

٧٥

تذكَّر جمال الشيشة التي كسرها فوق رأس زبون كافيه كان يعمل به؛ أفرط الزبون في استخدام حقه في رفض القهوة التي يضعها جمال أمامه كل مرَّة، كان واضحًا أنه يتسلى باستخراج عيب جديد مع كل فنجان، اقترح عليه جمال أن يطلب شيئًا آخر، رآه الزبون اقتراحًا مُهينًا، وكان جمال يقصد، فقذفه الزبون بفنجان القهوة، تماسك جمال ولم يفتح فمه، لكنه فتح عينيه على اتساعهما بنظرة فشل الزبون في أن يهرب منها فقال لجمال: «ك...مك».

كان جمال يتابع بعينيه جركنًا أبيض يحتوي على سائل أحمر مثلج، نضح عرق برودته على الجدار الخارجي وهو يدخل إلى المقهى في صحبة صبي يرتدي خوذة دراجة نارية قديمة ابتلعت رأسه، فعرف أنه الكركديه، وبينما يستدير التقت عيناه بعيني عم غبريال الذي كان يتابع المشهد نفسه، وضبط كل واحد منهما الآخر وهو يبتلع ريقه.

خاف جمال من أن يتورط مع الرجل في حوار قد لا يستطيع أن ينهيه مع وصول مها، لكن الجاكيت الأحمر ذا الكُمين الأخضرين، والحذاء الرياضي الأصفر، وتركيبة جبهة غبريال العريضة، مع شعره الدهني الملموم إلى الخلف على طريقة ممثلي الخمسينيات وقد اختلط الأبيض فيه بالأسود بطريقة جذابة، كل هذا أضعف قدرته على المقاومة.

ـ بتحب السِّت شكلك.

لم تمنع سذاجة الملاحظة ظهور ابتسامة على وجه غبريال، فقال:

ـ ربنا إداها من وسع.

قالها ثم قام سريعًا، ودخل محل أطقم قهوة السِّت خلف ثلاثينية شقراء تقول هيئتها إنها سائحة.

طلب جمال الكركديه، وقرر أن يتصل بمها؛ الرسائل عقيمة، تنقل الأخبار وتحتجز مشاعرها، الصمت يكون معبرًا أكثر منها أحيانًا. لم ترد مها، لكنها عاودت الاتصال، كانت أمها، طلبت من جمال أن ينهي المسألة، هي تعرف كل شيء ولا توافق، واستنجدت بشهامته ليتركها في حالها وهي اليتيمة المعدمة، وهو الفقير المديون الذي لا يستقر في عمل.

ارتبك جمال قبل أن يسأل عما يجري، ثم أغلقت الأم الباب بالإعلان عن ظهور ابن حلال:

ـ هيشيلها هي واليتامى اللي في رقبتي.

عاد صوت أم كلثوم من جديد، بينما الأجنبية تخرج من المحل تضع شيئًا في حقيبتها، وخلفها عم غبريال وعلى وجهه ابتسامة، قال لجمال:

ـ وشك حلو.

ثم تفاخر وهو يشير إلى أطقم القهوة:

ـ أنا أول واحد عمل فنجان السِّت، كلهم قلدوني، بس الخواجات ناصحين بيعرفوا الأصليَّ من التقليد.

كان الصبي يضع الكركديه أمام جمال، فطلب غبريال واحدًا وحجَرًا جديدًا. كان جمال شاردًا يفتش عن طريقة يستعيد بها توازنه.

خرجت فتاة مراهقة من محل تحمل صينية بها بواقي إفطار، تتراقص ممتلئة بالمرح والبهجة، لكنها اصطدمت بأحد المجاذيب الشاردين ظهر أمامها فجأة، فوقعت بالصينية أسفل قدميه، فهتف:

ـ اتدلعي يا هبة في الأيام المهببة.

ضحك الجميع وأولهم هبة.

غادر جمال مقعده في اللحظة التي وصل فيها الصبي بالكركديه لعم غبريال، فاصطدما، شَربَ البنطلون الجينز وارتوى، لم يهتم، وضع في يد الصبي عشرة جنيهات وانصرف.

كان جمال يقف بملابسه الداخلية يغسل البنطلون في

الحوض، تأمَّل وجهه في المرآة المتآكلة، لاحظ للمرَّة الأولى شعرة بيضاء تطل من منتصف طابع الحسن، فأشاح بوجهه بعيدًا.

ثبت البنطلون فوق الحبل بمشبك وحيد، لم يجد غيره في الشقة، ثم ارتدى ملابس العمل، وسحب الموبايل من الشاحن، فكَّر لثوانٍ ثم قرر أن يتركه في مكانه مغلقًا، ونزل.

في مطعم الأسماك طلب منه الزبون ألا يقسو الشيف على السمكة في الشوي، كان جمال يبلُغ الأوردر: «الزبون عايزها مستكاوي يا شيف». وبينما يقدم الطلب أشار إليه زميله ناحية باب المحل، كانت مها تقف تنظر ناحيته وعيناها تمتلئان بالدموع.

أبو يسرا

«فيه حد غريب في شقة أبلة صفية جارتنا».

لم يزعجها أن هناك من شغَّل أغنية راقصة بصوت عالٍ ولم يمر على الوفاة أسبوع، لكنها لم تعرف كيف تفسر اختياره لهذه الأغنية تحديدًا. ارتبكت، وسقط من فمها مشبك الغسيل، لكنها أمسكت بطرف العباية السوداء التي لم تخلعها منذ انتهاء عزاء والدها إلا لغسلها، قبل أن يجرفها الهواء.

تفرغت يسرا لرعاية والدها منذ أصابته الجلطات المتلاحقة: تُغيِّر له ملابسه، تساعده في دخول الحمَّام، تمد يدها تسنده من خلف ستارة الدُّش، تفتش له عن الريموت، تُجدِّد له باقة الموبايل، وقبل أن ينام كانت تدلِّك ساقه المعطلة بأصابعها. قال لها في مرَّة: «لم تعد ساقي تشعر بشيء سوى أصابعك».

يوم زارهم أمجد طالبًا يدها، اختار الأب أن يدخل عليه وهو يستند على كتفها، كانت رسالته واضحة: «ستأخذ

يديَّ وقدميَّ». كان أمجد ذكيًّا بما يكفي ليقوم ويساعد يسرا. كان الرد، فكان الرضا عن العريس.

أمجد هو الذي حمل أبو يسرا إلى المستشفى ليلة وفاته، لم يكن هناك غيره، وتلكأ المسعفون في الصعود إلى الدور الخامس، فحمله أمجد كما يحمل طفلته، ونزل به السلم مسرعًا، كانت يسرا خلفهما، وكان الأب يفيق كل دقيقة لمدة ثانية يبتسم ليسرا ثم يغمض عينيه. قال لها أمجد: «كان يودعكِ».

قبل أن تخرج إلى المعزين وقفت أمام المرآة تتأمل نفسها في الأسود، تذكرت عندما كانت عائدة من عزاء قريبٍ لهم قبل سنوات، وقابلت أباها عند مدخل العمارة، صعدا السلم العالي معًا في رفقة النميمة الساخرة من غضبات أمها المتكررة منذ بداية الزواج، وعدم رضاها عنه كعريس حتى بعد مرور ثلاثين عامًا. وأمام باب الشقة دقق النظر في وجهها وقال:

ـ إذا لم يُحبكِ أحدهم حتى أرحل، فسيُحبكِ واحد في عزائي عندما يراكِ في الأسود، الأسود مبروِز جمالك.

يوم فرحها كانت دائرة الأصدقاء تتسع وتضيق حسب الأغنية. وكلما سمحت الدائرة كانت يسرا تسرق نظرة

لتطمئن على أبيها. لم تغب ابتسامته، وعلى الرغم من صعوبة الحركة لم يتوقف عن الترحيب بالمعازيم، والوقوف عند كل منضدة قليلًا مستندًا على حسن شقيقها الأصغر. تذكَّرت يوم سبوع حسن؛ كانت في السابعة، حملها الأب وطلب من الجميع أن يصمتوا، ثم قال جملته الخالدة: «صحيح إن حسن وصل، بس أنا هيفضل اسمي طول عمري أبو يسرا».

كان الفرح يقترب من نهايته، أصبحت الدائرة أصغر، والوجوه أكثر ألفة، والأجواء أقرب إلى احتفال في صالة منزل العائلة عندما بدأت الأغنية.

لمحت يسرا الأب وهو يقترب مستندًا على شقيقها، كان يجري ناحيتها بما تبقَّى في جسده من قدرة على الجري، توقف أمامها، ألقى ذراع حسن بعيدًا، وأمسك بكفها ورقص.

منحته الفرحة ما فشلت فيه المعجزات الطبية؛ ترك يد ابنته لثوانٍ وأكمل رقصه منفردًا، كان يرفع يده السليمة بكل قوة، كمن يتعلق بحبل لا يراه غيره وهو يتمايل مع الأغنية.

كانت الأغنية هذه المرة قادمة من بلكونة أبلة صفية،

خمنت أنه ضيف ابنها المراهق ولا يعرف أن العمارة في حداد. عادت يسرا لنشر عباءتها السوداء، وأدهشها أنها وجدت نفسها تجاري الأغنية:

خطوة.. يا صاحب الخطوة

خرج الغناء مرتبكًا، وكان الأب يرقص في مكان ما.

ثرثرة الرُّكاب

كانت لبنى تتابع تدرُّج الأخضر في المزارع من شباك الأتوبيس، وهي تحاول أن تحصي كم مرَّة نفَّذت فيها أوامر أحمد بدون مناقشة، وعندما نظرت إلى ذراعها الممدودة بطول مسند مقعدها وجدت قبضتها منفرجة عن ثلاث أصابع.

تفكر في شكواه المستمرة من غرامها بالمناهدة، تعرف أنها قد تبالغ أحيانًا في مراجعة كل ما يقوله أو يطلبه، كما تعرف جيدًا أنها تفعل ذلك لأنها واقعة في غرامه لدرجة مربكة، فتعامله كامرأة واقعة في غرام قِطٍّ بلدي؛ تستثيره لتهنأ بغضبه. تعرف لبنى مكان مفتاح التشغيل، بمجهود قليل تستمتع بعروق رقبته النافرة منفعلًا، تتأمل تشريح عضلات ساعديه وهو يشوح، تدفعه للانسحاب والجلوس شاردًا يدخن على مقعد في شرفة يضيئها كشاف حكومي أصفر اللون يعمل بنصف طاقته. هناك في هذه البقعة لوحةٌ جمالها يخلع القلب.

لا تعرف لبنى طريقة أخرى لتنظيم ضربات قلبها وترتيب لوعة مبعثرة.

كان أحمد يجلس إلى جوارها في الأتوبيس، غارقًا في ذكرياته مع خاله عبد السلام، وكانت لبنى تتحاشى فتح المواضيع.

تفهم أن الوفاة صادمة، والكلام لا معنى له، ولا بد لزوجها أن يجتر أحزانه كاملة حتى تذبل عصارتها.

لم يكن الأمر سهلًا، هي تحفظ رائحة عرق أحمد كعنوان سكنها؛ رائحته في أحضانها تشق القلب، وفي غضبه تشبه القرفة المحروقة، رائحته وهو يداعب ابنتهما تشبه رائحة المخبوزات الطازجة، لكنها الآن وعلى الرغم من كمكمة تسيطر على الأتوبيس كانت تشم رائحة أحمد عندما يكون مريضًا.

لم يتوقعا الحمل بعد شهرين من الزواج.

كانت الخطة عامين لترتيب الأمور والاستمتاع، لم يكن وقتها في حياتهما شيء مستقر: البيت شقة صديق مسافر، العمل بعقد مؤقت، لبنى في آخر سنة دراسية في الجامعة، أقساط سترافقهما لفترة، تقشف لا مجال للتهاون فيه، الميزانية لا تسمح بشيء هناك بديل أرخص

منه، لا تاكسيات أبدًا، الميكروباصات عظيمة، لا أجبان ملونة، البراميلي معجزة، لا اشتراك في قنوات رياضية، خُلقت المقاهي لمشاهدة المباريات.

خططا أن ينظما الموضوع باستشارة الكبار، خجلا من زيارة طبيب، وسارا حسب الخطة. وبعد شهرين عادت لبنى من الجامعة في رفقة زميلات لها حملنها إلى البيت بعد أن سقطت مغشيًّا عليها في الفناء. قال الطبيب: «مبروك»، وقالت لبنى: «سأتخلص منه، إحنا على قدنا لسه وشقيانين»، وقال أحمد: «ما يمكن ربنا يدلعنا بيه، زي ما دلعني بيكي، أنا رُحت أطلب إيدك وفي جيبي ٨٠ جنيه، خليه». لم تناقشه، وكانت المرَّة الأولى.

توقف الجميع عن مناداة أحمد بـ«ميمو» بأوامر منه، واستمر خاله عبد السلام لا يناديه إلا باسم الدلع بأوامر منه أيضًا، كان يقول لها إن نسخته الأصلية في حوزة خاله، وما عند الناس في البلد مجرد نسخ منه.

كان الخال شاهدًا على عقد القران وكانت المقابلة الأولى، سحبه أحمد من ذراعه، وقاد خطواته حتى توقف أمام لبنى، قدَّم لها التهنئة مبتسمًا وقال:

ـ فستانك حلو أوي وبسيط.

خمَّنت أن أحمد قد وصف له ما ترتديه، لكنه قال:

ـ باين في سلامك.

دققت لبنى في عدستي نظارة الخال السوداء الكبيرة، فرأت على وجهها الابتسامة نفسها التي لمحتها عندما التقت عيناها بعينَي أحمد في مرآة ركن الآيس كريم في «قويدر»، وكانت المرَّة الأولى التي تسمعها منه: «باحِبك».

أسخف ما في مشوار البلد ثرثرة الركاب؛ يتذكر الناس في المواصلات موضوعات تافهة، يضعون وقت السفر في مرتبة ضئيلة الأهمية، ويختارون له النوم، أو تأمُّل كتب من النوعية التي تتركها خلفك على مقعدك، أو فتح كلام مع الغرباء، كلام لن يؤذيك أن تعبِّر فيه عن وجهة نظرك، لن يفضحك، ولن تندم عليه، مساحة لإعادة إنتاج كلام مستهلك، واستعراض الخبرة والحكمة في ملاعب مهجورة، وإعادة حكي القصص الشخصية ليس كما حدثت ولكن كما تمنى كل واحد أن تكون. لكن أحمد كان هذه المرَّة واحدًا من أولئك الشاردين في المواصلات العامة، الذين تفتح رجرجة الطريق جروحهم، ويفك إيقاع السفر مسامير ذاكرتهم، حتى يظهر لهم من شباك القطار أو السيارة أو الأتوبيس كلُّ

من رحلوا عن حياتهم يلوِّحون لهم من بعيد؛ تلك القلة النادرة من الركاب الذين يظهر لهم الأموات على الطرق السريعة.

كانت لبنى تفكر في مقاسات ملابس بنات العائلة، لتختار واحدة يمكن أن تقترض منها ما يناسبها. هذه المرَّة الأولى التي يسافران فيها إلى البلد بدون حقائب، سيجد أحمد في دولاب غرفته الصغيرة في بيت العائلة جلابيبه مغسولة ومكوية كالعادة. يصر أحمد في كل مرَّة أن يقيم مع لبنى وجميلة في غرفة مراهقته الضيقة، ينام على الكنبة ويترك زوجته وابنته على السرير المعدني النحيل. لم ترغب في أحمد يومًا بالقدر نفسه الذي تُخلِّفه هذه الغرفة في جسدها؛ قبل النوم كانت تروي لنفسها قصصًا متخيلة عن لحظات تسللت فيها وهي مراهقة إلى هذه الغرفة لتسرق مع صاحبها بعض القبلات والرغي الفارغ، يُعلِّمها التدخين، وتُعلِّمه الطريقة التي يجب أن يمسك بها الرجل خصر امرأته، ليلة تقضيها لبنى في قلق موجع يزول بقدرتها على إقناع جميلة بأن تنام عند بنات عمتها.

عندما أخبرهم الطبيب: «مبروك البيبي ولد»، لمحت في سعادة أحمد حلمه القديم بتعويض الأخوة التي لم يتذوقها

في ابن يؤسس به عوالم مثالية دافئة، عارضته في اختيار «عبد السلام» اسمًا للطفل، قالت:

ـ قديم.

قال:

ـ إن لم ترجعي سأسميه «عبد القديم».

حاولت كثيرًا أن تثنيه عن رغبته، يناديها «يا أم عبد السلام»، فترد «انسَ». أوصت صديقتها أن تتصل بها كثيرًا على تلفون المنزل وتطلب من أحمد في كل مرَّة أن تتحدث لـ«أم عمرو» حتى يعتاد الفكرة، يخفت حماسه ثم توقظه مسألة الكرامة، يقول «عبد السلام»، تقول «هو عمرو»، حتى أخبرها الطبيب وهي تعيد الكشف وحدها: «قلت لكم ولد، صح؟ آسف هي بنت».

وقفت أمام المستشفى تفكر في المواجهة، فكرت أنه سيكون مفيدًا كسر حدتها باتصال تلفوني يمهد الطريق لصدمة لا تتمنى أن تراها يومًا على وجه رجل تحبه، قالت له:

ـ لسه خارجة من عند الدكتور.

صمتت بعدها لثوانٍ، تخلل الصمت أكثر من «آلو» كان أحمد يطلقها بنبرة علامات الاستفهام. قالت:

ـ أنا تمام، بس...

لم يمنح أحمد الفرصة للصمت من جديد، قال لها:

ـ بس بنت، صح؟

لم ترد. قال:

ـ زارتني أمس في الحلم وعرفتني بنفسها، قالت أنا «جميلة».

قال أحمد وكان صوته يبتسم:

ـ سنسميها «جميلة».

لم تناقشه، وكانت المرَّة الثانية.

كانت لبنى تفكر كيف يراها أهل أحمد وهي التي لم تزر البلد إلا ثلاث مرات، كانت كلها حالات وفاة، تقول لنفسها: «عارفة، يقولون مَرَة فقر». سمعت خالة أحمد تقولها لجارتها في العزاء: «ما بنشوفهاش غير في المياتم». انتبهت الخالة ولبنى تقف بين يديها تقدِّم لها الشاي، وضعته بين يدي الخالة وهمست لها:

ـ وانتو يعني افتكرتونا في أفراح ومحدش جه؟!

قررت أنها ستلزم المطبخ للخدمة كما فعلت آخر مرَّة.

تفانيها في عمل الشاي والقهوة والطعام لم ينفِ نظرة العائلة، لكنه كسر حدتها نوعًا ما. كانت تتمنى لو أنها لحقت أن تشتري كعادتها تموين الزيارة، أحبت في أهل البلد رقةً ما تجعلهم يقبلون الشاي والسكر والزيت والمكرونة كهدايا قيِّمة. قالت لها شقيقة أحمد: «دي هدايا أهل البيت لبعض».

فاتها التموين، وتشعر بالقلق بعض الشيء على جميلة التي تركتها في بيت كريستين جارتها، ويزعجها أنها لم تكن لديها فرصة للم الغسيل، وهي لا تدري كم سيطول غيابها. كانت في طريقها إلى الشرفة لجمعه عندما اتصل أحمد يقول إن خاله مات وهو في الموقف ينتظر أتوبيس الثانية، نظرت إلى ساعتها وترجته ألا يسافر بمفرده، لم يتحمس، وقال:

ـ سنتأخر.

قالت:

ـ مش هاسامحك لو ما حضرتش دفنة خالي عبد السلام!

قال بصوت مهزوم:

ـ خدي تاكسي.

كانت تفكر في قواعد قديمة يهشمها أحمد، صمت لثوانٍ
ثم كررها، وكان باديًا أنه قد بدأ النحيب:

ـ خدي تاكسي.

لم تناقشه، وكانت المرَّة الثالثة.

خجل قديم

في أول زيارة إلى بيتها عقب عقد القران، حققت سارة أمنية عمرو القديمة أن يزور غرفتها الصغيرة؛ سحبته من يده وعبرا طُرقة صغيرة مرا خلالها بالأب يخرج من الحمَّام، فسألهما عن الوجهة، قالت:

ـ هافرِّج عمرو على أوضتي.

قطع امتعاضَ الأب صوتُ زوجته تناديه من الصالة:

ـ تعالى يا صبري عاوزاك.

كانت الأم تشرب قهوتها على مهل، أنزلت الفنجان قائلة:

ـ سيبهم ياخدوا على بعض شوية.

قال إنه يثق في سارة، «لكن عمرو هيقول علينا إيه؟».

لم تعلِّق زوجته، وعادت إلى قهوتها، ثم قرر صبري أن يتفادى الحوار لأنه لن يُفضي إلى شيء.

حاولت الأم أن تكسر الصمت، سألته إن كان يتذكَّر أول مرَّة اختليا ببعضهما، قالت:

ـ لما ضيَّعت القعدة تصلَّح أستيك ساعة بابا!

هز صبري رأسه بابتسامة، واحتاج إلى دقائق قليلة بحثًا عن شجاعة ما، ثم قال لها:

ـ انشغلت بإصلاح الساعة بعد أن سألتكِ يومها عن مشاعركِ وكنتِ صريحة زيادة عن اللزوم، فقلتِ ١٠٪!

سألته مستنكرة عما كان يجب أن تقوله ساعتها:

ـ ميتة في دباديبك؟!

ثم سألته:

ـ ألَّا صحيح يعني، إيه دباديبك دي؟

قال صبري بثقة العارفين:

ـ دبيب القلب.

قال إنها لم تتحمس له كعريس إلا بعد وصول سارة. فقالت:

ـ لم يمنحني أحد فرصة لأفكر فيك كعريس، كانت أمي تضغط بقوة حتى لا ينكسر خاطر ابن أختها، كانت مسألة حياة أو موت بالنسبة لها، أنت تعرف كل شيء.

قال لها:

ـ هل ستقبلينني عريسًا لو تقدَّمت لطلب يدكِ اليوم؟

فكرت لثوانٍ، ثم قالت:

ـ وهارفض ليه؟ حق ربنا ما شفتش منك حاجة وحشة.

صممت في محاولة للوصول إلى نبرة تخفف التأنيب بقليل من السخرية لتختم جملتها:

ـ ولا حلوة!

كان صوت ضحكات سارة يظهر كل قليل. قالت الأم وهي تقلب الفنجان في الطبق ذي الحافة المتآكلة:

ـ الحمد لله، فرحانة!

قال:

ـ ربنا يسعدها!

سرى الصمت قليلًا حتى بادرت هي بالسؤال:

ـ إنت اتجوزتني ليه؟

ضحك خجلًا ولم يعلِّق.

قالت:

ـ عمرك ما سمَّعتني كلمة تِبل الريق!

قال:

ـ محيلتيش حاجة غيرك إنتِ وسارة!

قالت:

ـ ستغادر سارة قريبًا، وسنبقى معًا، هل سنقضي بقية أيامنا في صمت؟

أحاطه السؤال بقلق لم يفهمه، وقال:

ـ ما الذي يرضيكِ؟

صمتت ولم تعلِّق. زاغ بصره، ثم استقر بالصدفة على صورة زفافهما القديمة، تذكَّر تعليق خالته عندما وقفت أمامها قبل أكثر من عشرين عامًا، وقتها نظرت إليه وكأنها تستحلفه ألا يخذلها، وقالت:

ـ صبري، مش هاوصيك على سوسو.

خرجت سارة من غرفتها تسحب عمرو، ولمحت أمها أنها ترتدي حذاء الخروج، فسألت:

ـ على فين؟

قال عمرو:

ـ السينما.

نظر صبري إلى ساعة يده، وبدا أن لديه ما يقوله تعليقًا على الفكرة. شعرت سارة بالقلق، فنظرت إلى أمها تستنجد بها.

وقف صبري، ثم أمسك بيد سوسو لتنهض. استجابت له مندهشة فوقفت في مكانها. قال الأب:

ـ استنونا، هنيجي معاكم.

نظرت سارة إلى أمها لتتأكد مما سمعته، فوجدتها تنظر إلى صبري، وكان يحاول أن يمسح بأصابعه آثار البُن التي أحاطت بابتسامة سوسو.

الموشح

لم يكن الطريق من أمام مرآة الحمَّام حتى مفتاح الصوت
في جهاز الراديو قصيرًا كما يبدو.

بدأ الطريق في السابعة، عندما سافر عمَّار مع والده في
رحلة عمل لأول مرَّة، رافقه الإقامة لأكثر من ليلة في كابينة
السيارة النقل الضخمة، نام في المقعد الخلفي يتسلى بأضواء
الكابينة الخافتة، وتأمُّل الأب وهو يحيط مقود السيارة الضخم
بذراعيه كقبطان قديم، نزل مع البضاعة في مرسى مطروح،
وهناك شاهد البحر لأول مرَّة، سمح له الأب أن يمرح في
الماء قليلًا بشرط أن يظل الأمر سرًّا بينهما، قال:

ـ أمك لو عرفت إنك نزلت هتعمل لنا موشح.

كان الأب يجلس معه على الرمل ويغني:
أحب اتنين سوا

قال عمَّار:

ـ أنت وأمي.

فضحك الأب.

رحل بعدها في حادث، ظل حزن عمَّار على صديقه الوحيد يكبر في صمت، كان البكاء أمنية معلقة تبهت مع الوقت، حتى انشغل بامتحاناته، أودعه المجموع في كلية العلوم.

في يومه الأول هناك كان يتأمل مصيره وهو يسير بين الطلاب، لم يحب الوضع، ولم يرتح لنوع الناس، استقر في كافتيريا الكلية وطلب الشاي، بينما الراديو يلعب أغنية لمست وترًا مكشوفًا بداخله منحه مشاعر لم يعرف كيف يفسرها، كانت همهمات الكورال توقظه من استسلامه، اتكأ عليها وغادر المكان مقررًا ألا يعود.

بعد عام كان يجلس في كافتيريا كلية الهندسة، وسافر مع الكلية إلى مطروح، والتقى بحبه الأول. كانت زميلته محط أنظار الدفعة كلها لكنه فاز بها، طلبت منه أمام البحر أن يغني لها، حاول أن يتذكر الأغنية التي شجعته قبل عام على الهروب من كافتيريا كلية العلوم ليستقر أمامها الآن، لم يتذكر منها سوى الهمهمات و«يا لالالي.. آه يا عيني».

اختفت حبيبته بشكل مريب خلال الإجازة الصيفية، ثم عادت إلى الكلية بخاتم الزواج من آخر. كانت صدمته

محملة بمشاعر مقيتة، قال: «الظروف حرمتني». سافر لجمع البرتقال والمال في فرنسا، وهناك أغوته صاحبة المزرعة، كانت رائحة قُبلتها تشبه رائحة البيوت المهجورة، كره نفسه وعاد سريعًا، وقرر ألا يعود إلى الهندسة.

اختار أن ينهي مسألة التعليم من طريق سهل، التحق بكلية التجارة، وحوَّل مخزن أبيه القديم إلى مقهى ليصرف على نفسه وعلى مرض والدته.

يومًا ما توقف عند المقهى الصغير رجل ستيني يحمل عودًا، كان باديًا أنه فنان متجول يلتقط جنيهاته في مقاهي سيدنا الحسين القريبة، تكررت زياراته. قرر عمَّار في مرَّة أن يسأله عن الأغنية التي مرت به يومًا ما، همهم له اللحن وما يتذكره من كلمات:

ـ يا لالالي.. آه يا عيني.

قال العوَّاد:

ـ ده موشح.

موشح؟

تذكَّر عمَّار الكلمة التي أودعها الأب زمان في خياله كعقاب.

حاول العوَّاد أكثر من مرَّة أن يقدم له أغنية تقترب من طلبه، جذبت محاولات العوَّاد بعض المارة، ازدحم المقهى، واقترح أحدهم ساخرًا تثبيت الفقرة، ففعل عمَّار.

كان العوَّاد يقدم فقرته ثلاث ليالٍ مقابل العشاء وجنيهات لا بأس بها. ازدهر حال المقهى، وفي ليلة أنهى العوَّاد فقرته ثم انتحى بعمَّار جانبًا، وأوصاه أن يسأل عنه إذا غاب أكثر من يومين، وقال له:

ـ لو مُت، وصيتي تدفني في البلد!

وأعطاه رقم هاتف ابن عمه في كفر الزيات.

كان ابن العم رجلًا ثريًّا وطيبًا بتاع ربنا، طلب من عمَّار ألا يفتح سيرة أن عبد الغني كان عوَّادًا، واقترح عليه أن يخبر الجميع في الجنازة أن عبد الغني كان «ماسك له حسابات القهوة»، وطلب منه أن يحتفظ بالعود.

وضع عمَّار العود في فاترينة بالقرب من مقعده في المقهى، كان ينظفه باستمرار، حتى إن مظهره أغرى شقيق أحد أصدقائه كان يزوره فطلب العزف عليه. كرر عمَّار طلبه القديم متسائلًا عن الأغنية الموشح، كان العازف الشاب يقبض على رقبة العود ويبذل جهدًا كبيرًا ليتذكر، فانكسرت رقبة العود في يده، وأصرَّ أن يصلحها، ثم مرَّ

بعد أسبوع يحمل العود بعد إصلاحه في رفقة شقيقته الكبرى شيماء.

كانت حلوة الصوت، وتعزف على الأورج، وماهرة في إعداد المربى والمخللات، فخصص عمّار فى المقهى ركنًا لعرض إنتاجها بعد أن أنجبا أول طفل وسمّاه «عبد الغني»، ثم تحسنت الحالة فحوّل المقهى إلى مطعم أغلق أبوابه في الأسبوع الثاني بعد رحيل أمه.

حاولت شيماء أن تفكِّك حزنه على الأم، وفي ليلة أحضرت الأورج من بيت أبيها وعزفت له «أنا باعشق البحر». حاول أن يخبرها عن الأغنية الموشح التي كلما ظهرت في حياته تغيَّر فيها شيء مهم، لكن الكلمات تعثرت، تذكّر الراحلين ثم حاول أن يبكي أمه لكنه فشل، عظم اضطرابه وطاح في أهل بيته، كانت ليلة صعبة، عوضها بأن اصطحب شيماء وعبد الغني لقضاء أسبوع في مرسى مطروح. تعرف على صاحب اللوكاندة وهو يستشيره عن أفضل مطاعم المدينة. وبعد أن رفع صاحب اللوكاندة مقاسات الحزن الذي يقيم فيه عمّار، اقترح عليه أن يعلِّق في مطعمه لافتة «الساندويتشات مجانًا لغير القادرين» صدقة على روح أمه، أعجبته الفكرة ونفذها، لمحها شاب صاحب شعبية فالتقط الصورة ورفعها على منصة فيسبوك.

عندما استضافوا عمَّار في أحد البرامج التلفزيونية ليتكلم عن فكرته، كانت حبيبته الأولى ضيفة الفقرة التالية لتتحدث عن أحدث أفكار ديكور البلكونات. تذكَّر اللحظة التي حاول أن يغني لها فيها الموشح وكيف سخرت منه، لكنه حيَّاها بابتسامة سريعة وانصرف، وعندما عاد إلى المطعم مساء كان الزحام غير طبيعي حتى إنه اعتذر للزبائن فجرًا عن نفاد المؤونة والخبز.

عاد إلى شقته منتشيًا بفعل الأحداث المتلاحقة، نام واستيقظ على صوت عبد الغني يطلب من أمه أن تفتح مع الأب موضوع الموبايل كهدية عيد ميلاد. اصطنع أنه لا يزال نائمًا، وقرر أن يحتفظ بالسر ليفاجئه. قالت له شيماء:

ـ عندي عجينة طعمِّية.

فطلب منها قرصين بالسمسم، ثم فتح التلفزيون وشغل محطات الراديو، وتوقف أمام مرآة الحمَّام ليحلق ذقنه. كان يدقق النظر إلى وجهه في المرآة، وأدهشه أن نظرته أصبحت نسخة من نظرة أبيه التي يحفظها جيدًا. أشعرته الملاحظة بالخجل، فتوقف عن التدقيق في ملامحه في اللحظة التي كانت فيها المذيعة تقول كلامًا عن الأغنية التي انتهت وتقدِّم واحدة جديدة.

سمع المقدمة الموسيقية التي يحفظها مثل اسمه، أغلق صوت الماء ليتأكد، ثم قال لنفسه: «الموشح!». دبَّت حياة قديمة في عروقه مع همهمات الكورال، تحرك في اتجاه الراديو مسرعًا. كانت شيماء تتابعه من المطبخ لتفهم ما يجري، لمح ابتسامتها وتذكَّرها وهي تغني المكتوب على اللافتة بصوت عالٍ: «مرسى مطروح ٦٠ كيلومتر»، وبينما يمد يده ليرفع صوت الراديو، أرهقه المشوار فجلس على طرف الكنبة يلتقط أنفاسه بصعوبة، وكان الكورال يغني:

يا ويلي ويل والكحل ليل

بلمحة لاح منه الصباح

يا لالالي آه يا عيني

نظرة عتاب والقلب داب

بس الهوى بالسر باح

يا لالالي آه يا عيني

والرمش مال بعد الدلال

رفرف وشاور بالسماح

يا دي العيون عشقك جنون

سلِّمت يا ست الملاح

ثم ظهر صوت مطربة لا يعرفها تقول:

يا عيوني ليه تداري؟
ليه تداري يا عيوني؟
شغله السؤال قليلًا قبل أن تنهمر الإجابات تحرق خديه.

غبار خفيف

كانت المرَّة الثانية التي يصطحب فيها طبق الأرز باللبن الذي اشتراه من عند «عطية» إلى المطبخ، لينثر فوق وجهه القرفة ثم يعيده إلى الثلاجة.

في المرَّة الأولى اتصلت به أخته مستنجدة بعد أن وقع ابنها واتفتحت دماغه، فأعاد الطبق إلى الثلاجة وهرع إليها بالتاكسي ليحمله إلى المستشفى.

هذه المرَّة كان هاشم هو المتصل.

قبل يومين اتصل بهاشم يهنئه بالمولودة الجديدة؛ أول بخته، وسأله عن الاسم، قال هاشم:

ـ «أمينة»، على اسم أمي.

ثم قال له:

ـ اعمل حسابك، هنروح نجيبها من البلد علشان السبوع.

اعتقد أن هاشم يتصل هذه المرَّة ليحدد موعد السفر إلى كوم حمادة ليرجعا بوالدته، لكن هاشم كان يخبره أن

الطفلة نزلت ضعيفة، ولم تتحمَّل وتُوفِّيت منذ ساعة، وأنه سيدفنها في البلد إلى جوار شقيقته المتوفاة حديثًا، وصمت لثوانٍ قبل أن يفسر جملته: «أهم ياخدوا بحس بعض».

أعاد أيمن طبق الأرز باللبن إلى الثلاجة، شعر أن الطبق احتفالية غير لائقة وفي غير وقتها. في طريقه إلى غرفة نومه لينام ساعتين قبل المشوار، لمح المشمع البلاستيك الموجود فوق ترابيزة الطعام، فسحبه ونظفه ثم طبَّقه ووضعه إلى جوار الباب.

عند الفجر كان هاشم يخرج من باب العمارة يحمل طفلته في كفن أبيض، قال أيمن:

ـ هات الأمانة واقعد إنت.

كان المشمع البلاستيك في أرضية شنطة التاكسي جاهزًا، فوضع الطفلة فوقه، وفكر في المطبات فثبَّتها بين عضم الرفرف وشنطة العِدة. وقبل أن يخرج من القاهرة كان هاشم غارقًا في النوم منهكًا.

شغَّل أيمن الراديو على إذاعة القرآن الكريم، سمح للصوت أن يكون مجرد خلفية تؤنس الطفلة في نومتها، وكان يفكر أنها حمولة جديدة من نوعها على التاكسي.

سبق له أن نقل كراتين المانجو من الإسماعيلية؛ شحنة ظلت رائحة التاكسي بعدها لأيام طويلة مبهجة، ونقل كمية من الحشيش لخاطر ليلة فرح «النيني» جاره، وتذكَّر الكمين الذي ظهر عند أول طريق السويس وجعله ينام ليلته داخل التاكسي في شارع جانبي حتى فكوا الكمين، ونقل الحاج محمود صاحب محل المنظفات الذي أصيب بهياج عصبي عقب اكتشافه هروب ابنته الوحيدة مع الشاب الذي كان يدير له تجارته، يومها كسر الحاج محمود من فرط هياجه زجاج البابين الخلفيين لكنه رفض أن يقبل تعويضًا من أقاربه.

ثم فكر أن «عطية» نحس.

هناك قصص مختلفة تفسِّر من أين جاء عطية بالأموال اللازمة لافتتاح محل ألبان في المنطقة، وهو خريج سجن طرة، ولم يمر على إنهائه لعقوبته ستة أشهر: هناك قصة أن رأس ماله من الشقق التي كان يسرقها قبل أن يعلن توبته عقب السجن. وقصة عن أنه يدير المحل لصالح «البوشي»؛ أمين شرطة قسم المنطقة، وأنهما شركاء في السر. وقصة عن أنه يتخذ المحل ستارًا لتوزيع البودرة. كان كل شخص يحكي قصته ينهيها بأنه لم يتذوق في جمال الأرز باللبن الذي يصنعه في أطباق من الفخار المحروق،

والذي وزعه مجانًا على سكان المنطقة يوم افتتاح المحل، فوقعوا في غرامه ثم غفروا له ماضيه المشين.

أيقظ هاشم عندما لمح لافتة كوم حمادة.

في بيت العائلة انهار صديقه عندما لمح دموع أمه وهي تحتضن الطفلة وتبكي وتطبطب على ابنها وتدعو له أن «ربنا يعوض عليك». كان والد هاشم متماسكًا، قليل الكلام، واكتفى بأن يُذكِّر هاشم أنه وعروسته لسه صغيرين وبكرة يملوا الدنيا عيال.

سألت الأم:

ـ مش هتصلوا عليها؟

قال أحد الأقارب:

ـ دي عيلة.

وقال الأب:

ـ الصلاة واجبة.

ثم سأل:

ـ غسِّلتوها؟

فبكت الأم من جديد.

قبل أن يتحرك أيمن في اتجاه المدافن طلب من هاشم أن ينتظر مع والدته وما يشيلش هَم حاجة.

كانت العين مفتوحة، وقال القريب:

ـ سبحان الله! فتحنا العين من يومين علشان الحاج مرتضى عم هاشم افتكرناه بيودَّع، شوف النصيب!

حمل أيمن الأمانة وسلَّمها إلى التربي، ووقف يتابعه وهو ينهي عمله. كان الغبار المتصاعد خفيفًا كروح الطفلة، وقبل أن تنتهي المسألة كان هناك مطر خفيف يحاول أن يقول شيئًا ما.

عاد أيمن إلى بيت العائلة فوجد الطعام حاضرًا، كان واقعًا بين الخجل والجوع الشديد ورائحة الطعام الفلاحي، تناول لقيمات قليلة تسنده، ثم طلب الأب منهم أن يتحركوا قبل هجوم الشبورة.

كان هاشم بائسًا طوال الطريق، ساهمًا، يدخِّن بلا توقف. وكان أيمن مترددًا بشأن نوع الموضوعات التي يمكن له أن يفتحها في هذا الظرف، ثم ارتاح لمشاركة هاشم الصمت.

عندما توقَّف بالتاكسي أسفل بيت هاشم، لاحظ أن صديقه يتكاسل عن النزول؛ ظل لدقائق مسترخيًا في مقعده، مائلًا

برأسه إلى الوراء، محافظًا على عبوسه الذي بدأ به اليوم. سأله أيمن إن كان تعبان، فقال هاشم:

ـ مش عاوز أبات في البيت النهارده!

قال أيمن إنه من غير اللائق أن يتخلَّى عن زوجته في هذا الوقت، قال هاشم:

ـ إخواتها البنات وأمها بايتين معاها.

اقترح أيمن عليه أن يصعد ليطمئن عليها، و«يجيبها بجميلة»، ويخبرها أنه «هيبات بره علشان أمها وإخواتها يبقوا على راحتهم»، ثم عرض عليه:

ـ وتعالى بات معايا.

اعتدل هاشم في جلسته، وكان واضحًا أنه يرتاح لكل ما قاله أيمن.

في الطريق إلى البيت حاول أيمن أن يعثر على أي كبابجي سهران ليُحضر له ولضيفه طعام العشاء، لكن الوقت كان قد تأخَّر.

في شرفة شقة أيمن كان هاشم يجلس شاردًا، بينما قرآن الفجر قادم من المسجد المجاور. دخل عليه أيمن بصينية عليها طبق الأرز باللبن وبراد الشاي.

وضع أيمن فوق الطبق ملعقتين بعد أن أضاف مزيدًا من القرفة، وبينما يصب الشاي كان هاشم قد بدأ يسحب ملعقة تلو الأخرى من الطبق، ثم أزاح الملعقة الثانية التي كانت تعيق تقدمه، ومع آخر ملعقة كان العبوس الذي يحتل ملامح هاشم منذ الصباح ينقشع بالتدريج، رجع برأسه إلى الخلف ثم تنهَّد تنهيدة عميقة أنهاها بـ«الحمد لله» صادقة.

وضع أيمن أمام هاشم الشاي، ثم حمل الصينية بالطبق الفارغ في اتجاه المطبخ. أسعده أن الأرز باللبن ساعد هاشم على تقبُّل الأمر، وتذكَّر القريب الذي وقف اليوم في المدافن يضرب كفًّا بكف ويقول: «شوف النصيب»!

صاحب مكان

مطربة لا أعرفها كانت تغني بأريحية كبيرة:

لما راح الصبر منه

جانا يسأل عن دوا

كانت المرَّة الأولى التي أستمع فيها إلى هذه الأغنية، وقعتُ في غرامها لأنني كنت مهيَّأً نفسيًّا للأمر. كنت أجلس على مقهى «صدفة» متخففًا من كل شيء إلا من صحبة حقيبة تضم خليطًا من الملابس والأحذية وقليلًا من الأموال، تمكنني من سحب مشروبات تسمح لي بأن أظل موجودًا في مكاني طوال الليل حتى يبدأ يوم جديد لتبدأ معه رحلة بحثي عن مكان يمكن للواحد أن يقيم فيه.

أنا قادم من شقة أحد معارف العائلة في مدينتنا البعيدة، الذي أعطاني مفتاحها مجاملة لوالدي لأقيم فيها حيث إنها شبه مهجورة ولا أحد يستخدمها. فترة طويلة مرت عليَّ هناك دون أن يقتحم أحد خلوتي، إلى أن سمعت وأنا في الحمَّام أسفل الدُّش صوت باب الشقة ينفتح ثم ضوضاء

عارمة، من خلف باب الحمَّام دار بيني وبين صاحب الشقة حوار كان الهدف منه أن يُحضر لي من الدولاب ما يمكنني أن أخرج به على الضيوف أصحاب المكان.

كانوا أكثر من سبعة أشخاص في زيارة ترفيهية للعاصمة ستستغرق أسبوعًا. شاعت الفوضى في المكان سريعًا، وتعرَّضت خصوصيتي للانتهاك، كانت الخطة وقت النوم أن ينام كل اثنين على فراش؛ وهو الجحيم بالنسبة لي. جاء وقت النوم سريعًا، وبينما يغرق السكان الجُدد في الشخير، كنت ألملم أشيائي وأتحرك. حددت النقطة التي سأقضي فيها ليلتي، وتحركت إلى هناك.

ظللت طوال الليل أفكر في اختيارات السكن المتاحة، شروطي صعبة، الحد الأدنى للإقامة مع أي شخص هو شعوري أنني «صاحب مكان»، أقل تفصيلة تقودني إلى حرج، يقودني بدوره إلى تعاسة ما.

هجرت الإقامة مع صديق لأنه كان يُغيِّر شفرة الواي فاي عند خروجه حتى لا أشغِّله في غيابه خوفًا على الباقة. وهجرت ثانيًا لأن تعليقه على استحمامي عدة مرَّات في اليوم الواحد لم يرُق لي. وتركت الثالث لأنه اعتبرني ـ غاضبًا ـ المسؤول عن غزو النمل لمطبخه، لأنني تركت علبة السكر مفتوحة. بينما أيقظني الرابع في السادسة

صباحًا طالبًا مني الانصراف لأن صديقته على وصول وسيقضيان النهار معًا. وترك لي الخامس ملصقًا على باب الثلاجة يطالبني بشراء مستلزمات البيت التموينية لو كان في نيتي أن أظل في شقته حتى نهاية الأسبوع.

لم أكن يومًا ضيفًا ثقيلًا؛ أحترم قانون البيت الذي أقيم فيه، وأحاول طوال الوقت أن أقدِّم ما يجعل صاحب البيت يشعر معي بالونس، من ابتكارات الطبخ، إلى الاستشارات العاطفية، مرورًا بالحكايات المسلية والهدايا التذكارية الصغيرة: الملاحات والأطباق المزخرفة، وطفايات السجائر الكريستال، وقطع الكليم والمشايات المغزولة يدويًا. إلى أن تحين اللحظة التي يُشعرني فيها صاحب البيت أنني ضيف، فينهار كل شيء وأنصرف بلا رجعة.

تجوَّلت كثيرًا بين شقق الأصدقاء بحثًا عن رفقة تبدِّد شعوري بالغربة في العاصمة، وتمنحني شعورًا بالبيت بعدما هجرت بيت أهلي الذي يرى البحر، ثم جاءت شقة معارف والدي كمحطة قصيرة التقطت من خلالها أنفاسي، واحتضنت من خلالها كل الحالات التي تشبه حالتي، إلى أن هجم أصحابها اليوم بدون مقدمات.

كانت الثالثة صباحًا عندما لمحت من فوق مقعدي شخصًا خارجًا من المول المجاور للمقهى، يدقق النظر

ويبتسم، ثم بدا واضحًا أنه يقترب مني. قبل أن يصل عرفتُه، شريف؛ شاب لطيف يكتب الإعلانات، عرَّفني عليه أحد الأصدقاء، وكنت قد نظَّمت له حفل خطوبته في قاعة الأفراح التي كنت أديرها قبل أن يطردني صاحبها لأنني كنت مسطولًا عندما حجزت القاعة لحفلين في موعد واحد.

كان السلام حارًّا. عرفت أنه كان يشاهد فيلمًا في حفلة منتصف الليل. وبينما ينظر إلى حقيبتي قال جملة مركَّبة:

ـ مش أنا فسخت الخطوبة! هوَّ إنت مسافر؟

لم أعرف أي جزء في الجملة يجب أن أعلِّق عليه أولًا، خرج كلامي مرتبكًا، وقلت له:

ـ أنا في انتظار «سوبر جيت» السادسة صباحًا إلى الإسكندرية.

قال إن الوقت لا يزال مبكرًا، وطلب مني أن ننصرف معًا إلى شقته في وسط المدينة على بُعد خطوات، ولينهي ترددًا لمحه قال:

ـ أنا ما بانامش قبل ٧.

في الطريق أرغمتني لطافته على أن أخبره بالحقيقة.

لا أتذكر شيئًا الآن سوى أنني استيقظت على هزات خفيفة،

فوجدتني أنام على الكنبة في صالون وامرأة خمسينية تطلب مني أن أستكمل نومي بالداخل حتى تنظف الصالة.

بينما أحاول ترتيب أفكاري، طلبت مني المرأة الخمسينية أن أخلع القميص الذي أنام به لتغسله. شعرت بالحرج، واستطاعت هي أن تقرأ هذا بسهولة، فشجعتني قائلة:

ـ ما تتكسفش، إنت زي شريف.

مددت لها القميص من خلف باب الحمَّام، ثم وقفت أسفل الدُّش.

سمعت أحدهم يقول إن دُش الماء الساخن أهم مصدر للأفكار، العُري هو الفطرة، وكان أول ما ترتب على الخروج من الجنة من عقوبات أن موضوع العُري لم يعد من حقك، في أوقات الاستحمام لا شيء هناك سوى جسدك والأفكار.

لماذا هجرت بيت أهلي؟ وما الذي كنت أفتش عنه في العاصمة؟ ومتى سأعود؟ ومتى ينتهي هاجس الخوف من الإقامة وحدي هربًا من تكرار سيناريو خالي الذي عثروا على جثته منتفخة في شقته بعد وفاته وحيدًا بأيام؟ أسئلة كثيرة ولا أجوبة! تذكَّرت اللحظات التي شعرت فيها بالغربة؛ كانت كثيرة وقاسية، حاولت أن أعد كم مرَّة

قررت فيها أن أعود إلى فراشي الذي يرى البحر، وما الذي منعني في كل مرَّة!

كنت أبحث عما ينقذني من الذوبان خجلًا من شيء لا أعرفه، ينقذني من هاوية يجذبني إليها الماء الذي يجري في اتجاه البلاعة، فتشت كثيرًا ولم أجد سوى جملة واحدة تشبثت بها وأنا أعيدها على نفسي بجنون: «إنت زي شريف»!

رجل يوناني مرح

خدعتني شمس النهار الحارقة في طريق العودة إلى البيت، قلت لنفسي: «بدأ الصيف». خففت ملابسي وأنا في طريقي إلى الشرفة بعد العصر ببراد الشاي، مع هبوط الليل شعرت بلسعة برد تتسلل إلى جسدي تحمل قشعريرة خفيفة، لم أهتم، وجلست أتابع المباراة في التلفزيون على مقعد اخترت له مكانًا مميزًا بين شباك المطبخ وشباك الصالة. مع نهاية المباراة كان تيار الهواء محملًا بوخزات تنخر ضلوعي، فشل الشاي بالليمون ثم الزنجبيل بالعسل ثم حبتا «الريفو» في السيطرة على الأمر، اتصلت بصديقي الصيدلي، قال لا بديل عن مضاد حيوي قوي، أرسل لي علبة وأخذت قرص ١٠٠٠، نمت تحت وطأة تأثير المضاد، شخص ما ضربني بشومة في منتصف الرأس.

استيقظت ثلاث مرَّات بتأثير العطش الشديد والنقح. في كل مرَّة كنت أعود إلى النوم لأجد حلمًا جديدًا في انتظاري:

أزعجتني مطاردة الفتاة النحيلة لي في بيت بمفروشات أكثر من قدرته على الاستيعاب والترتيب، كانت الفتاة عنيدة، قصيرة الشعر، وصاحبة جسد صبياني يخلو من أي تفاصيل تفضح أنوثة ما.

في غرفة نصف مظلمة كانت أم كلثوم ممسكة بمنديلها تمسح به دموع رجل أصلع يعزف على العود ويغني:

بيريحني بكايا ساعات

لمحني الرجل فتوقف عن العزف، لكنه لم يتوقف عن البكاء، ثم أشار لي غاضبًا أن أنصرف. سحبتني الفتاة النحيلة بقوة، ودخلنا غرفة مظلمة كانت تمتلئ بالروبابيكيا. دفعتني إلى الحائط، وقبَّلتني، وسمحت لي أن أعتصر مؤخرتها، وأدهشني أن ما لمسته بيدَي كان أجمل مما قدَّرته بعينَي خلال المطاردة.

استيقظت أفتش عما يمكن أن يبل ريقي أكثر من ماء مثلج أجد. كانت ملامح الفتاة النحيلة حاضرة في ذهني بقوة، أعرفها جيدًا، لكنني لا أتذكر عنها أي شيء، حاولت أن أسترجع الأماكن التي زرتها الفترة الأخيرة ربما أعثر على أصل معرفتي بها، لكن دون جدوى.

تذكرت أن ابنتي كانت تشكو ألم الأسنان قبل أن تسقط

في النوم بدون مقدمات، فتحت باب غرفتها لأطمئن عليها، فوجدتها في أحضان أمها غارقة في النوم. كان التلفزيون مفتوحًا على فيلم يجري بطله في شوارع وسط المدينة الخالية فجرًا، ويكاد صوت أنفاسه المتلاحقة يمزق الشاشة، حاولت أن أتنفس بعمق لكنني فشلت، عدت إلى الفراش وظللت أكرر المحاولة حتى سقطت في النوم من جديد.

٢

رجل يوناني مرح يبيع البسطرمة مقابل أن يخبره الزبون بنكتة تضحك القط العجوز الذي استقر فوق ذراع اليوناني.
كان الطابور طويلًا، وكانت النكات مملة، حتى إنني كنت أرى اليوناني يفقد ابتسامته الواسعة مع الوقت، وكلما اقترب دوري كنت أرى السأم يتمكن من ملامحه.
اتصلت بصديقي الصيدلي ليغششني واحدة، قال الصديق: «لا أعرف، فكِّر»، ثم طلب أن أبتسم ابتسامة شخص لا يهمه شيء، شخص في الطابور لخوض التجربة فقط، شخص لا تعنيه المحطات قدر اهتمامه بالجلوس إلى جوار الشباك.

١٣٩

كنت أتدرب على ما طلبه مني صديقي، حتى وجدتني أقف في مواجهة اليوناني، كان ينظر إليَّ ببهجة الواقفين أمام فتارين محلات لعب الأطفال، قال: «وجودك هنا في حدِّ ذاته نكتة، ولكن البسطرمة نفدت». كانت المرَّة الأولى في حياتي التي أرى فيها قطًّا يضحك.

استيقظت هذه المرَّة عطشان بفعل ملح البسطرمة المنقوع في الثوم، قبل النوم كنت قد سحبت شرائح قليلة منها حتى لا يسقط الدواء في معدة فارغة. عثرت هذه المرَّة على علبة من مشروب اللبن بالشوكولاتة الذي تعيش عليه ابنتي، فتحتها وأدهشتني حلاوتها الزائدة، سحبت العلبة مع سيجارة إلى الشرفة.

لم تكن المرَّة الأولى التي أرى فيها قطًّا يضحك، رسمت قط جدي وأنا في السابعة، وعندما عرضت عليه الصورة قال لي: «شكله زعلان، ارسمه تاني»، فأعدت رسمه بابتسامة وأمامه علبة سلمون كبيرة أضحكت جدي، احتضنني ثم تنهد عميقًا، وأطلق النداء الذي حيرني كثيرًا حتى فهمته كبيرًا: «ضيَّقها كمان يا رب خليها تُفرج».

توقفت سيارة غريبة عن شارعنا، وهبطت منها امرأة لم أتبينها في الظلام، دخلت إحدى العمارات، ظلت السيارة

في مكانها، وعادت المرأة المجهولة بعد قليل تحمل على كتفها طفلًا غارقًا في النوم وحقيبة سفر كبيرة. كانت امرأة أخرى تقود السيارة نزلت لتساعدها وهي تتلفت حولها، فتحت لها شنطة السيارة ووضعتا الطفل على الكنبة الخلفية ثم انصرفتا مسرعتين.

عدت إلى الفراش محاولًا تجنب فكرة أنني سأكون الشاهد الوحيد على جريمة ستكون حديث الشارع في الأيام المقبلة، كنت أرتب ما سأحكيه، لكنني سقطت في النوم بينما أحاول أن أتذكر بدقة لون السيارة.

٣

أقترب من الشارع الذي سيقام فيه الفرح، كانت أصوات الموسيقى واضحة، ثم ظهر من بعيد خالي، يسير على مهل، مرتديًا جلبابًا أبيض، ويحمل زرعة صبار زاهية. عرفت أنه عائد للتوِّ من المقابر، وأنه دفن شخصًا عزيزًا. سألته من يكون، لكنه لم يرد، أعطاني الصبارة ثم أشاح بوجهه بعيدًا وانصرف، وكان واضحًا أن الحزن سيقتله قريبًا.

كنت أتأمل الزهور الصغيرة التي بدأت تنمو في جنبات الصبارة، وكنت أفكر هل الشوك هو الأصل

ويتجمَّل بالورد، أم أن الورد هو الأصل ويحتمي
في الشوك؟
من بعيد كان صوت الزفة واضحًا؛ أصوات نسائية
تغني كلمات قديمة سمعتها من جدتي في حنة
حفيدتها:

يا ليالي يا ليالي يا ليالي
يا ليالي الفرح تعالي

أبهجتني الغنوة، لكن بدون أي مقدمات، وبينما
أقترب من الفرح، كانت الزغاريد تنتهي بصيحات
استغاثة. ارتبكت أنفاسي، وقفت في مكاني غير
قادر على خطوة واحدة إلى الأمام، وكان صدري
يضيق بثقل الشعور بالمسؤولية عن الأمانة التي
تركها الخال بين يدَي.

عندما وصلت ابنتي إلى سن الفطام اقترحت حماتي أن
تدهن زوجتي صدرها بزيت الصبار حتى تكره البنت
الرضاعة. وضعت نقطة منه على فمي للتعرف على
ما ستتعرض له طفلتي، كان مُرًّا بطريقة جعلت جسدي
يرتجف، فرفضت الفكرة، ثم صحوت هذه المرَّة على
طعمه يغرقني في عطش شديد.

كانت زوجتي قد تركت فراش الطفلة وعادت إلى جواري.

لم أرتح يومًا لمشهد زوجتي وهي نائمة. تتألق ويتورد
وجهها وهي توجِّه وتعطي الأوامر وتُلقي النكات، وهي

تطبخ أو تذاكر للبنت أو تطبق الغسيل إلى جواري أمام المباراة التي تسألني عن نتيجتها كل قليل مجاملة لي، جمال روحها يملأ الحياة شغبًا خفيف الدم، أُحب عِشرة هذه المرأة التي تقتفي الجاذبية أثر خطواتها السريعة، ويربكني بقوة الشحوب الذي يغطي وجهها أثناء النوم.

كانت الشمس تتحسس طريقها، قررت أنني لن أعود إلى النوم، خلعت ملابسي واستسلمت لدش الماء الدافئ، كانت سخافة نزلة البرد تتراجع، غسلت فمي للتخلص من وهم طعم زيت الصبار، وتذكرت اليوم الذي دخلت فيه محل العطارة لشراء بعض منه، وتذكرت الفتاة النحيلة التي كانت تقف هناك يومها تطلب حلبة مطحونة.

النشرة الجوية

جلس إلى جوار النافذة بعد أن هبط الليل. قالوا في النشرة إنها ستمطر مساء، كانت الغيوم تتحرك ككتلة واحدة قاتمة، وكانت أخته تتسلل إلى الغرفة كل قليل بحجة جديدة: الشاي، شاحن المحمول، رقم الصيدلية، ثم انهارت قدرتها على تجنب خدش توحده وسألته:

ـ إنت كويس؟

كان السؤال سهلًا للغاية، وكانت لديه الرغبة في أن تكون إجابته صادقة، كان يفتش عن الإجابة لنفسه قبل أخته.

ابنته في صحة جيدة، إشراقةٌ ما في وجهها تكبر معها يومًا بعد يوم، لكن غصة ما تسيطر على روحه لأنه لم يختر لها اسمها، كما أنه ليس متأكدًا أنها تعيش حياة سعيدة في ظل زوج أم.

أقلع عن «الترامادول»، لكنه يعرف جيدًا أنه سينهار في أي لحظة، هو فقط يحارب ليجعلها بعيدة قدر المستطاع،

يتحايل على تشقق مزاجه بالمشي بعد الفجر، يتنقل بين الشوارع الجانبية حتى يسمع شخشخة صدره معلنةً عن مسار جديد لنَفَس عميق.

انتظم في الصلاة، لكن يؤرقه أنه لا يمتلك جرأة كافية للدعاء أو الشكوى، لا يعرف طريقة سهلة لفتح أي موضوعات مع الله. طرق باب مقام سيدنا الحسين قبل أن يدخل كما علَّمه والده، ثم وقف ولم يعثر في حلقه على حرف واحد، فبكى وشعر أن الرجل السبعيني الجالس في ركن قريب كان يقصده وهو يتمايل وينثر من حوله كلمات الأغنية القديمة:

ودموعي جِبت لها دفاتر
من بعد ما خلصت مناديلي

سدَّد قسط «التُّمنايَة»، لكنه توقف عن نقل الركاب، يحاول أن يقنع نفسه أنه في إجازة لأن تجديد رخصة السيارة يحتاج إلى شهادة مخالفات برقم ليس سهلًا، لكنه يتمسك بهذا المبرر هربًا من ضيق عظيم يحتل أوصاله كلما صعد إلى السيارة، بعدما وقفت ابنته أمام باب الشقة تقلده بلثغة أربكته، تنادي: «هايبر والعاشر.. هايبر والعاشر». اختار مهنته القديمة كإجابة عن سؤال ابنته: «بتشتغل إيه؟»، قال: «مدرس». لكن شخصًا ما كشف سره، غالبًا الأم التي قلدته

ساخرة أمام الطفلة، فتنت الأم عليه، لكن براءة ما في روح الطفلة لم تَرَ في الأمر سوى الكوميديا.

صحته جيدة، لكن تنتابه أحيانًا نوبات من صعوبة البلع، تتعثر اللقيمات في منتصف طريقها بشكل مفاجئ، والموضوع صار يتكرر كثيرًا في الفترة الأخيرة. كان في مسمط «الشعب» آخر مرَّة، وأحرجه أن يلفظ ما في جوفه أمام شركاء المائدة، فأغمض عينيه ليمنح البلع كل تركيزه، رأى ممرًّا مظلمًا في نهايته ضوء أصفر زاهٍ، ثم سمع صرخات تعذيب تعذيب أربكته وجعلته يغادر المطعم جريًا وقلبه يمتلئ بالرعب.

تشاغله رضوى، ويرتاح للكلام معها؛ حنونة وساخرة وذكية، مطلَّقة وعندها بنت، يأخذهما كل يوم في «التُّمناية» إلى المدرسة، قالت عنها أخته مرَّة: «رضوى دي حبيبة الكل». لكنه لا يرتاح لمسألة عملها في بار «اللويزة» في وسط البلد، هي تقول إنها كافتيريا، وهذا ما يُشعره بعدم الراحة؛ اعتقادها أنه رجل ساذج.

يتمرَّن يوميًّا على الصبر، لكنه غير قادر على أن يسامح نفسه على ما أفسدته بسبب الحماقة والاستعجال؛ استقال من مهنة ثابتة بدخل ثابت بحثًا عن مستقبل أفضل لم يتحقق، تزوَّج في شهر، ومد يده على زوجته بعد ثلاثة، ثم طلَّقها

في السادس، خلخل ثبات ثلاث حيوات في ضربة واحدة وإلى الأبد.

لم يحدث أن طلبت طليقته شيئًا لابنتهما وتأخَّر، لكنه يكره اللحظة التي تعامله فيه طليقته كعامل توصيل؛ يقف على باب شقة زوجها، يحتضن البنت على بسطة السلم ويداعبها قليلًا، ويترك للأم ما طلبته، دقائق قليلة تقف الأم بالإسدال، في كل مرَّة تُجري مكالمة تلفونية على هامش اللقاء السريع، يعرف جيدًا أنها مكالمة مفتعلة تجنبًا لفتح أي موضوع بعيدًا عن سبب الزيارة.

نزح المياه الجوفية التي ضربت في مدفن والدته، ورمَّم الجدار، ووضع لوحة رخامية، وزرع الصبار، لكن لا علامة على أنه استعاد رضاها عنه؛ رحلت وهي تحذره من الزواج بابنة شوقية الكوافيرة وزوجها آكل أموال اليتامى!

كررت أخته السؤال، لكنها أضافت إليه اسمه هذه المرَّة. لم يعرف لماذا فعلت ذلك:

ـ عصام! إنت كويس؟

قال:

ـ كويس.

سألته عما يجعله يجلس هكذا منذ ساعات.

كان يتفقد السماء بعينيه من جديد، وقال:

ـ مستنّي المطر.

هبوط اضطراري

ـ تعرفي إني وأنا صغيرة تُهت مرتين من أهلي؟

كانت فايزة تحاول أن تصرف نظر ابنة شقيقتها إسعاد عن الموقف.

الأجواء في غرفة المستشفى متوترة لأن الطبيب الذي سيُجري عملية الإجهاض تأخَّر ثلاث ساعات.

كانت دموع إسعاد صامتة، لكنها بدأت تفقد أعصابها تحت وطأة الصيام الذي أمرها به الطبيب، ووالدتها منزعجة من الموضوع كله وتعاتبها:

ـ يعني أربع شهور مفيش بريود وما شكِّتيش إنك حامل؟!

قالت إسعاد وهي تمسح دموعها:

ـ افتكرت إنها بدأت تقطع رباني، أنا مش صغيرة يا ماما!

حاولت فايزة أن تشوش على الحوار، فحكت لأمل التي كانت مشغولة باللعب في موبايل كانت دائمًا تشكو من كونه «مفيهوش خط»، قالت لها:

ـ أول مرَّة ذهبنا لزيارة خالتي في حلمية الزيتون ونزلت لألعب مع أطفال العمارة، مرَّ بنا شخص يقدِّم ألعابًا سحرية، وقف ليقدِّم فقرته أمامنا، لكن زوج خالتي أطل من البلكونة وأمره بالانصراف من المكان، وهدده بأنه سيطلب البوليس. انصرف الرجل، لكن ابنة خالتي الكبيرة، نجلا، أصرت أن نسير خلفه لنرى أين سيتوقف ليقدِّم فقرته. انتظرنا أن يغادر والد نجلا البلكونة، ثم تحركنا بحثًا عن الرجل لكنه اختفى. اقتحمنا الشوارع الجانبية واحدًا تلو الآخر بحثًا عنه حتى ضللنا طريق العودة. بدأت نجلا تبكي، فشعرتُ بالخوف. سألنا صاحب كشك سجائر ما الموضوع فحكينا له، حاول أن يعرف أين تسكن نجلا، لكنها وبسبب انهيارها فشلت في تقديم أي معلومة، فكر الرجل قليلًا ثم طلب منا أن نجلس أمام الكشك مع ابنته لنلعب حتى يظهر أهالينا الذين من المؤكد أنهم سيبحثون عنا. كانت ابنته اسمها «فتيحة»، صارت صديقتنا فيما بعد، تأتي للعب معنا عند بيت خالتي. وعندما تأخَّر ظهور أي شخص من كبار عائلتنا أغلق الرجل الكشك واصطحبنا أنا ونجلا وفتيحة ودار بنا في شوارع المنطقة حتى أهلكنا المشي. كنا قد فقدنا الأمل، حتى ظهر واحد من جيران خالتي وكان قد عرف الموضوع.

لم تهتم أمل بالحكاية، كانت مندمجة مع الموبايل و«الفرابتشينو» الذي أحضره لها والدها في الطريق إلى المستشفى.

كان الأب قد طلب من إسعاد أن تترك له فراش المستشفى ليفرد ظهره قليلًا. عندما غفلت عيناه رأى «سهر»، كانت ترتدي قرطًا فضيًّا ضخمًا مزينًا بحجر فيروز، وكانت عيناها ملونتين، فسألها من أين أتت بكل هذه الزُّرقة وهو وأمها أصحاب عيون بُنية، قالت له: «لم آخذ منكما شيئًا سوى أصابع القدم القصيرة»، وخلعت صندلًا أحمر اللون لتكشف عن أصابع سحرت الأب وجعلته يفيق من غفوته وهو يردد: «سبحان الله».

كانت إسعاد تبحث عن فرصة لتلقي رأسها فوق صدر أمها، لكن انزعاج الأم من الوضع كان خشنًا. حاولت إسعاد أن تبرِّئ نفسها فحكت لها عن الطبيب الكبير الذي زارته بعد نوبات القيء والحموضة الشديدة والدوار المستمر فأدخلها في دوامة السونار والفحوصات التي أرهقتها، وقالت:

ـ لم يأتِ في بالي أنه حمل، أمل ١١ سنة، وأنا كسرت الأربعين، ودكتور حجزنا عنده بالواسطة شخَّص الأعراض التي أهلكتني بمشكلة في القلب، ولولا

اقتراح وجدي أن نستشير طبيبًا آخر ربما كنت سأقضي بقية عمري في عذاب.

اعتدل وجدي جالسًا، ودافع عن زوجته، قال:

ـ الأدوية التي كتبها لها الطبيب الأول هي السبب، كميات كبيرة وقاسية شوهت البنت. مضطرين ننزلها!

قالت أم إسعاد:

ـ هيَّ بنت؟

قالت إسعاد:

ـ سهر.

ثم انهارت على صدر أمها تبكي.

قالت فايزة:

ـ المرَّة الثانية كنا في المعمورة نقضي إجازة الصيف، وسمحت لي أمي بعد الزَّن أن أستأجر درَّاجة، ووقفت أمام المحل تنتظر عودتي، قطعت شارعًا، ثم اعتقدت أنني توقفت أمام الشاليه الذي ننزل فيه، كل شاليهات المعمورة تشبه بعضها، فكرت أن أصطحب أختي التي لا تترك الشاليه، أمك من يومها تخينة وكسولة، تركت الدرَّاجة ونزلت لأصطحبها. أذكر أن إسعاد كانت وقتها

في عمر الخامسة. دخلت المبنى وطرقت الباب كثيرًا ولم يفتح أحد، فشعرتُ بالخوف، وخرجت فلم أجد الدرَّاجة، بدأت أفتش عنها، شارع في شارع حتى وصلت إلى سوق الفاكهة؛ زحام وضجيج ووجوه غير مريحة أرعبتني، فانهرت تمامًا وأغمى عليَّ، استيقظت داخل محل أسماك وواحدة اسمها «المعلمة أحلام» تحاول أن تطمئنني وتعرف أي معلومات عن عنواني. كنت قد تعلمت الدرس، طلبت منها أن أجلس أمام المحل في انتظار أهلي الذين سيبدأون البحث عني، أعجبتها الفكرة، كانت سيدة قوية، استمتعت بمراقبتها وهي تعمل، وتمسح بكرامة صبيانها الأرض، وحبيت الشيشة من طريقة شربها ليها.

انتفضت أم إسعاد:

ـ إيه اللي بتقوليه للبنت ده يا فايزة؟!

فضحكت فايزة قائلة:

ـ بتزعقيلي أنا؟! زعقي لأمها اللي جابتها معاها!

قال وجدي:

ـ أنا حلمت بالبنت!

انتبهت إسعاد تسأله عن شكلها، فوصف لها أصابع

قدميها، ثم وصف لها القرط الذي ترتديه. علقت إسعاد على القرط وقالت: «سبحان الله». حاولت أمها أن تفهم موضوع القرط، فقال وجدي:

ـ الفحوصات قالت إن الجنين، وبسبب الأدوية التي كانت تأخذها إسعاد، سيخرج مشوهًا بنسبة ٦٠٪، لكن الأكيد وبنسبة كبيرة أن الجنين فَقدَ حاسة السمع، حتى لو نزل سليمًا.

قالت أم إسعاد إن كل شيء قسمة ونصيب، ومسحت دموع ابنتها بباطن يدها، وحاولت أن تلطف الأجواء قائلة:

ـ على الأقل ربنا نجاها من الاسم الوحش اللي كنتم هتسموه! مين اللي اختار اسم «سهر» ده؟!

قالت أمل دون أن ترفع عينيها عن الموبايل:

ـ أنا يا تيتة.

شبشب حريمي

أمام باب الشقة وجد حمادة شبشب حريمي، وإلى جواره واحد آخر يبدو أنه لطفلة؛ تزينه وردة عباد شمس بلاستيك صفراء بدرجة مبهجة.

حاول أن يخمِّن ضيوف زوجته لمياء قبل أن يدخل.

الشبشب بيتي. الضيوف من أهل العمارة:

الحاجة منيرة؛ خطوتها عزيزة، قالت عنها لمياء: «ست محترمة، بس عاملة فيها الكعبة، يذهب إليها الناس ولا تذهب إلى أحد!». أعجبه التشبيه، لكنه أدرك معه أن زوجته طيِّبة تأخذ بالمظاهر، ولم يرد في بالها يومًا أن الحاجة منيرة في شبابها كانت راقصة أفراح عين شمس الأولى، قبل أن تعتزل وتتزوج الحاج نصر صاحب فرن الفينو وتستقر معهم في الشيخ زايد.

مدام سمرة؛ ليست من النوع الذي يتحرك مرتديًا شباشب، وهي العايقة صاحبة الصنادل التي تكشف أصابع قدميها

الطويلة ذات الأظافر المطلية دائمًا بالأحمر القاني، ولا بنات عندها، هو ولد في العاشرة تحرَّش به عامل توصيل الصيدلية، عرف الأب تاجر «مَكن البسطرمة»، فاستدرج العامل بأوردر قياس ضغط، ثم حبسه في غرفة السطوح، وصوَّر له فيديو وهو عارٍ يزحف على رُكبتيه ويهوهو ككلب أصابته رصاصة، ثم وزَّع الفيديو على سكان المنطقة.

تذكَّر أن الشقة الوحيدة التي يخلع أصحابها وروادها الأحذية على بابها هي شقة هند في الدور الأول.

«حلوة هند»، قال حمادة.

هناك امرأة طلتها جميلة، تتنافس كل تفصيلة فيها مع جارتها لتقتنص زعامة المديح، وهناك امرأة جمالها لا علاقة له بالملامح، لكنه جمال الشعور بالراحة، هند واحدة منهن، بشوشة، لا ترتدي سوى الحجاب الأبيض، تدهشه دائمًا درجة نقائه التي تحيط وجهها بما يشبه هالات القديسين، وجهها صبوح، عندها غمازتان، تتجمع قطط المنطقة أسفل شرفتها كل عصرية، ويَحسد عليها عبد الحَكم زوجها الذي لا يعرف له شغلانة ثابتة، الحقيقة هو يستكثرها عليه؛ أقصر منها، ومؤخرته كبيرة، وتفوح منه عطور قديمة كل صباح تعكِّر صفو مدخل العمارة.

قطع أفكاره صوت خطوات تصعد السلم، أطل من خلف الدرابزين، كانت لمياء، وقفت على البسطة تنظر باستغراب إلى زوجها.

لمياء عصبية قليلًا، لكنه يتحملها ساعة انفعالها ليتأمل المعجزة؛ تتسع حدقتا عينيها ثم يزوغ «النني» وينحرف قليلًا ويصبح النظر إليها أقرب إلى التحديق في هاوية فاتنة.

بليغة، ويبدو الاستماع إليها أشبه بالوقفة أمام فاترينة فضة، لكن يضيع كل هذا عندما تشعر بالغيرة، تتهم حمادة أنه «عينه زايغة»، يقول لها: «أقدِّر الجمال في كل شيء»، ويدافع عن نفسه بأنه لم يترجم التقدير يومًا ما إلى فعل إلا عندما قرر أن يكمل باقي عمره معها. كانت ترضيها الملاحظة حتى اليوم الذي أبدى فيه أمامها تقديره لدرجة سُمرة ممثلة جديدة في فيلم رعب، كان ما رآه بعد انتهاء الفيلم أكثر رعبًا.

نحيلة، لكنها تفيض أنوثة مرحة وليونة، ترقص له في ساعة رضاها. اكتشف بعد فترة أنها لا ترقص إلا على أغنيات مطرب يشبه موظفي البنوك الأجنبية. لم يتوقف عند الملاحظة كثيرًا حتى اليوم الذي رآها فيه تطير فرحة بقبول المطرب لصداقتها على فيسبوك، أدرك ساعتها أن

الموضوع يحتاج إلى بعض السيطرة، فجمَّد فقرة الرقص مؤقتًا.

مشكلته الوحيدة مع لمياء أنها صاحبة طموح.

ورَّطته في البداية في مشروع مخبوزات بيتي تبيعها «أون لاين»، وكان يوصلها للزبائن، كان المشروع ناجحًا ووفَّر مبلغًا أقنعته لمياء أن يجعلاه مقدَّم الشقة الجديدة التي انتقلوا إليها مؤخرًا، صحيح أنها تطل على حديقة عامة وأشجار وتدخلها الشمس وعلى بُعد أمتار من مدرسة طفلتهما، لكن الالتزام بأقساط الشقة لم يكن في حساباته، كان يفضِّل أن يؤجِّله، خصوصًا أنه لم ينتهِ من قسط القرض الذي اشترى به السيارة الصيني، صحيح أن دخله من «أوبر» والمشاوير الخاصة يغطي هذه الالتزامات، لكنه يحلم بفرصة لالتقاط الأنفاس؛ هو يدور في ساقية ليسدد ما عليه من التزامات، لا يمتلك رفاهية أن يصحو لا مزاج لديه لفتح «الأبليكيشن» وتلقِّي طلبات من أشخاص يشعرونه أنهم رؤساء مجالس إدارات.

كل ما يحلم به ألا تفاجئه لمياء بفكرة جديدة لتحسين حياتهم كما تقول في كل مرَّة، على الأقل لمدة عامين بعد الانتهاء من الأقساط الحالية.

لا ينكر أنه يحبها، وفي قرارة نفسه يعرف أنها صاحبة

فضل. قالتها له أمه صريحة: «خد لمياء وهتدعيلي»،
لكنه يشعر بالإرهاق.

كانت لمياء على البسطة تتأمله وهو يقف أعلى السلم،
ثم سألته:

ـ إيه اللي موقَّفك عندك؟!

أدرك حمادة أنه في طابق آخر، يقف أمام شقة مدام جيهان
التي تُوفِّيت قبل شهرين؛ كانت تعيش وحيدة في أواخر
أيامها، ولا يعرف عنها سوى أن لها ابنًا في كندا.

قال للمياء إنه سمع خطواتها فقرر أن ينتظرها ليكملا
الطريق إلى شقتهما معًا. صعدت لمياء ما تبقى من درجات
حتى وقفت إلى جواره، ثم تعلَّقت في ذراعه، وقالت له:

ـ عاملالك مفاجأة على الغدا.

قال:

ـ ورق عنب!

ضحكت وقالت:

ـ بالكوارع.

ابتسم وطبطب على ذراعها المتكئة على ساعده، ثم واصلا
الصعود معًا.

شوكة تحت جلدي

راحة كبيرة هبطت على قلبي وخالتي تدخل عليَّ غرفتها الصغيرة بالصينية، وتقول:

ـ تركت الكريم كراميل في الفرن حبة زيادة من أجلك، تحبه أنت من زمان مِحَروَق.

غابت خالتي عند ابنها في دبي ثلاث سنوات كاملة، انخلع قلبي خلالها لهفةً على أمي الثانية، كنت أقاوم طوال الوقت هاجس أن تعود من هناك في نعش.

قالت:

ـ خاسس!

ولم أجد إجابة، لكنها وجدت ما تواسيني به:

ـ اللحم يعود ما دام العود موجود.

واربت الشيش قليلًا، ثم سحبت قميص نومها المعلَّق خلف الباب وهشَّت به الذباب، ثم شغَّلت المروحة

وجددت إشعال عود البخور الذي احترق نصفه، ثم جلست أمامي وتربعت:

ـ ها، احكيلي بقى اللي حصل.

قلت:

ـ لا أعرف، سبع ساعات في أتوبيس العودة من دهب أسقطت خلافاتي مع الجميع، وعفت عن كثيرين أجرموا في حقي، وبددت كراهية مقيمة تحيط ببعض الأسماء، ومحت إهانات استقرت قبل السفر كندوب في الحلق تعوق ابتلاع الريق!

قالت:

ـ ربما تغيير الجو وطبيعة سيناء سحرتك.

قلت:

ـ لم أخرج من غرفتي هناك إلا لشراء ورق بفرة ذات مساء، كانت الكهرباء مقطوعة، والظلام دامسًا، والجبل يبدو من بعيد كشبح من تأليفي. ثلاثة أيام في دهب، وصلت مساءً، وخرجت مرَّة بعد منتصف الليل، وسافرت قبل الفجر. كان لديَّ من علب التونة ما يكفي قافلة أسرى، لا أحب الخبز بكل أنواعه، وكنت أكتفي بنقاط خل ونطرة شطة فوق كل طبق. عبوات الشاي الناعم تملأ

دولاب الخزين، ولم أكن في حاجة إلى السكر، السكر مضلل. ولم يكن في حقيبتي سوى قميص وترننج وأكياس تبغ وفلاتر وورق لف نفد سريعًا لأنني كنت أستخدمه في تلميع زجاج نظارتي. كان كل ما سبق مجرد تفاصيل، تحرَّر الواحد من متطلبات الجسد وكيفه، أنا شخصيًا قضيت الأيام الثلاثة أتغذى على الموسيقى والأغاني، وعندما انقطعت الكهرباء وقفت في الشباك أغني «الهوى سلطان».

قالت:

ـ خرجت من الدائرة الضيقة التي تحبس فيها روحك.

قلت:

ـ عندك حق، سافرت بلا موبايل، أنقذت نفسي من مصيدة أن يعثر عليَّ أحد. عانيت في الليلة الأولى من أعراض انسحابية، كان التلصص يجري في دمي. قضيت شهورًا طويلة لا أجيد شيئًا سوى التقليب في «التايم لاين»، وتتبُّع أخبار الآخرين وما يشعرون به، لم أمنح نفسي وقتًا لأعرف أخباري أنا شخصيًا، نجوت من التخطيط لحياة لا هدف لها سوى مجاراة ما يحدث «أون لاين»؛ زيارة الأماكن التي اكتشفها الآخرون، والطعام الذي وقعوا في غرامه، والطريقة التي يعاملون بها حيوانات الشارع. بعد يوم واحد قررت

لأول مرَّة منذ فترة بعيدة أن أسافر. هربت من جحيم يبدو كأخطبوط بأثنتي عشرة ذراعًا تحتاج إلى معجزة للنجاة منه. خرجت من حيِّز أب يعايرني بانعزالي وبطالتي، وأم هربت من جحيم زوجها إلى المقبرة، وشقيق مجرم أعتذر للجميع طوال الوقت عن اللحم والدم الذي يربطني به، وجارة تتهتك كل يوم في نافذتها لأمر عليها ولا تيأس من رفضي، ومقهى أكل عيشه نميمة الروَّاد، وشارع كل ما فيه مفضوح للجميع، وجنيهات قليلة يعلِّمني مدير ورشة أبي الأدب قبل أن يسلِّمني إياها أول كل شهر.

سألتني:

ـ مَن الجارة؟

قلت:

ـ لا داعي لفضحها.

قالت:

ـ جدع.

ثم سألت:

ـ إشمعنى دهب؟

حكيت لها:

ـ زرتها وكنت في السادسة عشرة، وضللت الطريق بين ممرات الجبال. كانت صديقتي الهولندية التي تعرفت عليها عبر الإنترنت مستقرة في أبو جالوم تنتظرني. كدت أموت من الخوف والليل يقترب ولا علامة واضحة تقود إلى مخرج، إلى أن ظهر جمل شارد مثلي، تتبَّعته حتى وصلنا إلى عشته، ضايفني صاحبه طوال الليل باللحم المشوي والبانجو، وذُقت سعادة أنستني الهولندية. قضيت يومين في ضيافته. أُخمِدت حرائق قديمة، ولحس عقلي النوم تحت سقف من القمر والغيوم، وانتشيت حتى إنني تمنيت أن أعيش حياة كل من مروا من هذا الكوكب واحدًا واحدًا، أسكن بيوتهم، أخوض معاركهم، أطل من شرفاتهم، أكتشف الجمال كما عرفوه، أستطعم لوعتهم وشجونهم، أصحو بالأمل كما فعلوا يومًا، وأُجرِّب الحب كما عثروا عليه. بعدها رجعت إلى غرفتي الضيقة وقد عرفت مخبأً خاصًّا يمكنني أن ألجأ إليه عندما يضغط العالم على أنفاسي. لم أعثر عليه هذه المرَّة، أزالوا العشش وبنوا الكامبات. وقادني أحدهم إلى غرفة قال إنها ترى البحر والجبل وقريبة من السوق. لم أتعامل مع هذه المغريات، ووقعت في غرام لوحة معلَّقة في مدخل الغرفة؛ صحراء، وقطيع جِمال يتحرك صفًّا في اتجاه شمس احمر لونها، جلست

في مواجهتها ثلاثة أيام أدخِّن وأشرب الشاي وأفتح علب التونة وأسمع الأغنيات القديمة.

اعتدلت في جلستها قليلًا، ثم سألتني عما حدث بعد أن رجعت.

قلت:

ـ عندما رجعت، راضيت أبي، قبَّلت يديه لأول مرَّة أمام عُمَّال الورشة، أثار المشهد غيرة وغيظ المدير. واصطحبت أخي إلى المقهى، وسهرت الليل ألاعبه «الدومينو» أمام الجميع، كنت أهبد أوراق اللعب على القاعدة الرخامية حتى لا يفوت أحدًا المشهد. وحققت لجارتي رغبتها القديمة، زارتني مرَّة لم تعد بعدها مجرد جارة؛ أصبحت صاحبة فراش. وتخلَّصت من الهاتف الذكي، واشتريت واحدًا غبيًّا يرسل ويستقبل فقط، ويحتاج إلى الشحن مرَّة كل أسبوع، وعليه لعبة عبارة عن ثعبان لا بد أن يأكل ما يقابله دون أن يصطدم بحوائط المتاهة. وفتشت عن وظيفة، ووجدت واحدة سهلة؛ تتصل بالناس تعرض عليهم شققًا للبيع بالتقسيط، بعت واحدة، بعتها لأبي، وحصلت على عمولة جيدة.

سألتني:

ـ لا أفهم أين المشكلة؟!

قلت:

ـ أشعر بالهزيمة؛ انتصر الجميع في معاركهم معي، خضعت لما يطلبونه لأشتري دماغي، استسلمت ثم دبَّ جحيم ما في روحي!

قالت:

ـ ألم تجد في كل هذه الزيطة ولو شيئًا واحدًا يرضيك؟

قال:

ـ فتشت، ولم أجد!

قالت:

ـ فلنفتش مرَّة أخرى.

قامت من مكانها، وسحبت المسبحة الملتفة حول قائم السرير. كانت تتمتم بما لا أفهمه وهي تلف حول نفسها في الغرفة، تفكر وتفتش.

كنت في آخر ملعقة من الكريم كراميل المصنوع من ذكريات الطفولة في هذا البيت، في اللحظة التي سقط فيها غطاء رأس الخالة من فرط حماسها عندما التفتت وكأنها عثرت على كنز قائلة:

ـ على الأقل أصبح لديك موبايل جديد.

أضحك منذ كنت في بيتها قبل يومين.

كنت أثق في قدرتها القديمة على المواساة بفن اللاشيء: أقول لها عيني تحرقني، فترفع كُمها وتضعه عليها وتنفخ، فأرتاح. أقول لها ضرسي يؤلمني، فتطحن القرنفل وتقول ضعه تحت لسانك. كنت أصرخ وأقول لها أمي ماتت، فتقول لي ما أنا أمي ماتت برضو سمعتلي حس؟

مدت يدها هذه المرَّة، وسحبت كالعادة شوكة تحت جلدي، أو دفعتها إلى الداخل قليلًا ليجرفها الدم؛ لا هي أصدرت أحكامًا، ولا قدَّمت نصائح. امرأة نبيهة القلب، حَروَقت الكريم كراميل، وواربت الشيش، ثم أشعلت البخور وجَلست تستمع بلباقة. كنت سعيدًا لأنها لم تخذلني، أطلقتُ اسمها على عِدة الموبايل الجديدة؛ خيرية، وكنت أشعر بيني وبين نفسي بشيء من الفخر لأنني لم أفضح سر ياسمين؛ جارتي.

شِدة وتزول

عندما لمح الكيس في يد كوثر على باب الشقة بادرها بالسؤال:

ـ حلو ولا مِزز؟

ضحكت وقالت:

ـ حلو يا حلو!

أخبرها أنها ابنة حلال لأنه كان في طريقه للبحث عما يضبط به الأرقام؛ السكر واطي أوي.

فتح الكيس، وكانتا هناك، علبتان فقط. تحركت نظراته سريعًا في اتجاه مصطفى الواقف في الشباك المطل على المقام. فهمت هي وقالت له:

ـ ولاد بنتك ما بيحبوش الحاجات دي.

دافع بشراسة عن مصطفى قائلًا إنه الحفيد الوحيد «اللي مريح قلبه»:

ـ يحب بيتنا وأكلنا، ويحب الرئيسة وتحبه.

كان مصطفى يضحك، بينما جده يلعق غطاء العلبة قائلًا إن السوبيا أحد الأشياء التي تدل على وجود الله. أضاف مصطفى:

ـ يا سلام لو على وشها شوية زبيب كمان!

قال الجد:

ـ بخلاف الطَّعم هناك معجزة أكبر في أن يفتح لك الله باب رزق في شوية «رز خمران»!

قالت الجدة:

ـ ده بس عشان مِجاور الكَريمة.

سأل مصطفى:

ـ لماذا يلقبونها بـ«الكَريمة»؟

قال الجد:

ـ المرأة الكَريمة حازت كل مراتب الجمال، هناك سحر في الكلمة، ولا مديح أفضل، الكَريمة شجاعة ومسامحة وجبَّارة خواطر وطلتها الحُسن كله.

على الباب كان الحاج رضوان يسأل عن سيادة المستشار، سمحت له الجدة بالدخول، سأله المستشار لطفي عن الإرهاق البادي على وجهه، قال إنه كان في دفنة قريب له.

عزّاه المستشار، ثم سأل:

ـ كورونا؟

قال الحاج رضوان:

ـ إزالة!

قضى قريبه عشر سنوات من عمره في الكويت؛ يسافر ثم يعود ليستكمل بما جمعه بناء بيت له ولولديه، وبعد أن أتم البناء سكن كل ولد بزوجته وأطفاله في شقة، واستقر هو في الأرضي مع زوجته، ثم جاء قرار الإزالة، فحارب كثيرًا ليمنعه، ووعده نائب المنطقة أن يبحث الشكوى، ثم استيقظ بالأمس على البلدوزر وموظفي الحي والشُّرطة ينفذون قرار الإزالة. بعد أن أخرجوا العفش وقف يشاهد المنظر؛ شقا العُمر، وسترة العائلة، تنهار ببطء أمام عينيه، لم يتحمَّل ومات في مكانه!

ضرب المستشار كفًّا بكف وهو يحوقل، ثم فكر أن يواسي ضيفه، فقال له إن قريبه «خيخة»؛ لم يتحمَّل ضياع بناء عشر سنوات في الطوب والأسمنت! أومال لو كان بيبني في لحم ودم؟!

رُزق المستشار لطفي بمختار كبيرًا، وكان في العاشرة تقريبًا عندما اصطحبه والده لحضور فرح أحد المعارف

مُقامٍ في شارع السد، وبينما يقتربان من ضوضاء الليلة؛
الموسيقى، والغناء، وضرب النار، استقرت رصاصة
طائشة في صدر مختار، فمات في ساعتها.

قطع الحاج رضوان الصمت:

ـ نصيبك في خدمة المولد السنة دي خمس بواكي.

ثم طلب مفتاح السطوح لتجهيزه، فقال المستشار:

ـ سبحان الله!

طلب الحاج رضوان توضيحًا، فقال المستشار:

ـ أصحاب أكبر شادر في المولد يقدِّمون الخدمة الآن
سرقة فوق السطوح!

قال الحاج رضوان إنها «شِدة وتزول»، وسيعود كل شيء
كما كان المولد القادم، ثم سأل عن الطبَّاخ، فقال المستشار:

ـ هنجيب الأسطى بشير.

قال رضوان:

ـ على جثتي!

وانفعل وهو يشرح أنه من غير اللائق أن يكون في خدمة
مولد ستنا رجل حرامي يقتطع من مؤونة ضيوف الست
كل ليلة اللحم والسمن والأرز ليعود بها إلى بيته.

تدخَّلت الجدة:

ـ أشطر واحد جبناه من يوم ما مسكنا الخدمة، والمرَّة دي على الضيق علشان الكورونا، هاتوه وأنا هاقف على إيده.

وقال المستشار:

ـ ستنا لو مش عاوزاه هتقطع هيَّ رجله بنفسها.

اقترح الحاج رضوان أن «طيب ما نطلَّع فلوس السنة دي»، قال المستشار:

ـ البيت اللي فيه فَتيته لله يا هناه يا حاج.

قال الحاج رضوان:

ـ اللي تشوفوه.

قام المستشار يتكئ على عكازيه:

ـ هاجيب لك الفلوس.

قال الحاج رضوان:

ـ لدينا وقت.

وطلب من المستشار أن يرتاح، ثم استأذن لينصرف.

قال مصطفى إن الأسطى بشير يطهو فاصوليا بيضاء ينتظرها

من المولد للمولد، وإنه يقدِّم في الخدمة اللحم المسلوق،
لكنه يحمِّر له خصوصًا قطعة في السمن. ضحك المستشار
وقال لمصطفى:

ـ دي أوامر صاحبة الفرح.

كان المستشار يحمل ابنه صريعًا وخلفه الناس في اتجاه
السيارة التي ركنها عند جامع السيدة زينب، لم يسبق له
أن دخل إليه إلا لتقديم عزاء أو حضور عقد قران، كان
يُقبِّل ابنه طول السكة، وينهنه ولا يجد ما يقوله سوى
«كده برضو يا رب! كده برضو يا رب!».

بعد أسبوع زارته السيدة زينب، قالت له «مختار عندي»
وانصرفت، فانتقل إلى شقة تطل على المقام كانت تنتظره،
ثم تغيَّر بعدها كل شيء.

شكر خاص

ثناء عمر

نجلاء بدير

عاليا عبد الرؤوف

إصدارات الكاتب عن دار الكرمة

١- من علَّم عبد الناصر شُرب السجائر؟

٢- كحل وحبهان (رواية)

٣- كتاب المواصلات: حكايات شخصية لقتل الوقت

٤- صنايعية مصر: مشاهد من حياة بعض بناة مصر في العصر الحديث

٥- إذاعة الأغاني: سيرة شخصية للغناء

٦- أثر النبي: قصص قصيرة من وحي السيرة

٧- ألبومات عمر طاهر الساخرة (طبعة جديدة منقحة ومجمعة من «شكلها باظت» و«كابتن مصر» و«زملكاوي» و«ابن عبد الحميد الترزي» و«رصف مصر»)

٨- نظرية برما (طبعة جديدة منقحة ومجمعة من «برما يقابل ريا وسكينة» و«الكلاب لا تأكل الشيكولاتة»)

٩- جر ناعم

للتواصل مع الكاتب: omertaher@yahoo.com